빌리 아일리시

BILLIE EILISH

First published in Great Britain in 2020 by Micheal O'Mara Books Limited, 9 Lion Yard, Tremadoc Road, London SW4 7NQ

I'M THE BAD GUY,

빌리 아일리시

에이드리언 베슬리 지음

최영열 옮김

THE NAN
더난콘텐츠

지금 빌리의 시간이 온다

"재 진짜 어려!"

사람들은 2013년부터 빌리 아일리시를 보며 그렇게 말했다. 그래미에서 상을 휩쓸고 영화 제임스 본드 시리즈의 테마곡 '노 타임 투 다이No Time to Die'를 히트시킨 2020년이 시작되기 훨씬 전의 일이었다. 빌리의 곡이 사운드클라우드에서 미친 듯이 퍼져 나갔을 당시, 가수의 나이를 들은 사람들은 경악을 금치 못했다. 이후 빌리는 코첼라 페스티벌을 뒤집어 놓으며 새로운 10대 스타의 탄생을 알렸다. 2019년엔 21세기에 태어난 아티스트로서는 처음으로 빌보드 200 차트에서 1위를 차지해 주목을 받았다.

하지만 정작 빌리는 나이로 스스로를 규정한 적이 없다. 딱히 나이를 숨기려고 한 적도 없고 이용하려 한 적도 없다. 빌리는 Z세대임을 당당히 드러내지만 단지 그것만으로는 규정할 수 없는 이면을 지니고 있다. 음악만큼이나 영상 제작, 춤, 패션, 미술에도 관심이 있는 빌리는 앞으로도 특정 장르의 음악이나 패션에 구속받지 않을 것이다.

타고난 퍼포머인 빌리는 작은 클럽을 찾은 관객들을 대하듯 대형 페스티벌을 찾은 2만 명과도 소통할 수 있는 능력자이며, 늘 가족을 우선으로 생각해 오빠, 부모님과 친하게 지낸다. 또한 우울증을 앓은 적이 있는 예민한 영혼의 소유자이며, 지적이고 매력적이고 매우 재미있는 성격을 갖고 있다.

빌리는 속내를 잘 드러내는 편이다. 오랫동안 SNS에 속마음을 이야기하는 글을 올려왔고, 까다로운 질문에도 여전히 성실하고 솔직하게 대답한다. 매년 진행되는 〈배니티 페어〉와의 인터뷰에서는 이따금 과거 자신의 대답에 깜짝 놀라거나 깔깔대고 웃기도 했지만, 결코 부끄러워하지는 않았다. 누구나 그렇듯 빌리도 시간의 흐름에 따라 변한다.

하지만 한 가지 변하지 않는 것이 있다. 빌리는 항상 자신이 원하는 바를 알고 있다. 친오빠이자 음악 동료인 피니어스, 부모님, 매니저, 빌리 본인도 이 이야기를 하는 걸 들을 수 있다. 다른 누군가가 원한다고 해서 무언가를 창조하려 한다면 그 자체가 모순이지 않을까? 빌리의 성공은 노래하고 곡을 만드는 재능뿐만 아니라 창조적인 안목과 그것을 실현하고자 하는 외골수적 갈망 덕분에 가능했다.

이 책은 스스로에게 솔직함으로써 자신과 공감하는 수많은 이들을 만날 수 있었고, 자신이 좋아하는 노래를 만들다 보니 어느새 전 세계인이 사랑하는 음악을 만들고 있는 한 소녀의 이야기를 다룬다. 어쩌면 지금까지는 시작에 불과하고 더 큰 여정이 기다리고 있을지도 모른다. 하지만 지금까지만 돌아봐도 정말 멋진 여정이다.

_ 에이드리언 베슬리

차례

CONTENTS

1장

하이랜드파크에는 음악이 흐르고

TRACK #01

네 살 아이가 그려낸 블랙홀

빌리 아일리시의 첫 곡은 블랙홀에 빨려 들어가는 것에 관한 내용이었다. 그 곡을 썼을 때 빌리의 나이는 네 살이었다. 놀라우리만큼 어린 나이에 스타가 됐지만, 그보다 더 어린 나이에도 빌리는 이미 아티스트로서 성장 중이었다. 네 살에 그 곡을 썼다는 점, 이후 유년기를 보내는 내내 계속해서 곡을 만들었다는 점에서(제임스 코든이 진행하는 〈카풀 가라오케〉에서 빌리는 일곱 살에 친구와 쓴 곡인 '왓 어 원더풀 라이프What a Wonderful Life'를 들려줬다) 우리는 어린 빌리가 지녔던 창의력뿐만 아니라 사람들 앞에서 노래하고 싶어 하는 열망을 엿볼 수 있다.

2001년 12월 18일, 빌리는 LA 다운타운에서 몇 킬로미터 거리에 있는 하이랜드파크라는 동네에서 태어났다. 1990년 당시 그곳은 빌리의 부모님처럼 형편이 좋지 못한 이들에게 여러모로 매력적인 곳이었다. 그들은 용감하게도 우범지대에 집을 구했는데, 21세기에 접어들며 젠트리피케이션 현상과 함께 그곳의 분위기는 바뀌기 시작했다. 빌리가 어린 시절을 보낸 하이랜드파크는 예전의 거친 모습이 남아있긴 했지만 개조된 주택과 새로 생긴 술집, 커피숍, 음악 공연장, 식당이 계속해서 늘어나고 있었다. 2019년에 〈타임아웃〉 매거진은 지구상에서 가장 멋진 동네 10위권 내에 하이랜드파크를 포함했다!

빌리 아일리시 파이럿 베어드 오코넬(Billie Eilish Pirate Baird O'Connell)은 이곳에서 세상과 만났다. 원래는 아일리시가 이름이 될 뻔했지만(빌리의 부모님은 아일랜드 태생의 삼쌍둥이에 관한 다큐멘터리를 보고 그 이름이 마음에 들었다고 한다) 아기가 태어나고 얼마 안 되어 외할아버지 빌이 세상을 떠났고, 고인을 기리는 의미로 빌리라는 이름을 갖게 됐다. 한편 해적을 뜻하는 '파이럿'을 중간 이름으로 넣자고 강력하게 주장한 사람은 빌리의 오빠인 피니어스였다. 베어드는 엄마인 매기가 지어줬고, 아빠인 패트릭이 딸에게 오코넬이라는 성을 물려줬다.

매기와 패트릭은 둘 다 배우였다. 1984년 알래스카에서 연극 공연을 하며 처음 만난 두 사람은 TV 드라마와 영화에 도전하고자 1991년에 LA로 거처를 옮겼고, 1995년에 결혼했다. 둘 다 뉴욕 브로드웨이에서 공연한 경험이 있으니 재능있는 배우들이었던 건 분명하다. 하지만 연예계는 결코 만만한 곳이 아니었다. 매기는 〈프렌즈, 커브 유어 엔수지애즘〉 같은 시트콤에 출연한 뒤 '그라운들링스'라는 이름의 코미디 극단(당시 동료로는 윌 페럴, 크리스틴 위그, 멀리사 매카시 등이 있다)에 들어갔고, 패트릭은 〈웨스트윙〉, 〈아이언맨〉에 잠깐 나오는 단역으로 출연했다.

LA에 거주하는 연기자 부부 사이에서 태어났으니 빌리가 유복한 어린 시절을 보냈으리라 짐작하는 이들이 많은데, 이는 실제와는 거리가 멀다. 수많은 배우가 일거리를 구하지 못하는 현실 속에서 매기는 생계를 위해 학생들을 가르쳤고 패트릭은 목수 일과 막노동을 했다. 부부는 자신들의 집 맞은편에 있는 집을 개조해서 팔아 조금의 차익을 남기기도 했다.

빌리는 부모님이 하이랜드에 산 주택에서 자랐고 지금도 그곳을 집이라고 부른다. 방이 두 개 있는 아늑한 느낌의 1층짜리 주택이었는데, 다소 정신없는 느낌이 들긴 하지만 그야말로 '집이다' 하는 느낌이 드는 곳이다. 벽은 가족들이 그린 그림, 사진, 손으로 쓴 메모지들로 빼곡했다. 선반에는 책들이 잔뜩 꽂혀있었고 집안 곳곳에 악기가 굴러다녔다. 피아노는 총 세 대가 있었는데, 그중에는 패트릭이 인터넷을 뒤져 공짜로 얻어온 그랜드 피아노도 한 대 있었다. 바깥에는 손으로 직접 만든 나무집, 타이어로 된 그네와 잔디밭이 있었으니 어린아이에게 필요한 건 모두 있었던 셈이다.

TRACK #02

고양이와 강아지, 그리고 음악

한 편의 시 같은 유년기의 장면을 완성하는 것은 보호소에서 입양해온 고양이와 강아지였다. 미샤는 하얀 '목도리'를 두르고 얼굴에 얼룩무늬가 있는 검은 고양이였고, 페퍼는 핏불의 피가 섞인 흑백의 잡종견으로 애꾸눈 안대를 한 것처럼 한쪽 눈 쪽에 검은 얼룩이 있었다. 페퍼와 빌리가 함께 찍힌 사진이 여럿 있는데, 주로 빌리의 얼굴을 핥는 모습이 포착된다. 빌리가 일곱 살 무렵에 찍은 사진에는 온 가족이 페퍼처럼 애꾸눈 안대를 하고 있다.

어린 아이들이 있는 가족에겐 방 두 개짜리 집이면 충분했다. 꽤 오랫동안 네 식구는 한 방에서 같이 잤다. 피니어스는 열 살 되자 독방을 쓰게 됐고, 머지않아 빌리도 자신만의 공간이 필요하게 됐다. 무언가 조치가 필요한 시점이었다. 아이들의 행복을 우선으로 생각하는 가정이었기에, 부모님은 자신들의 방을 포기하고 거실 피아노 뒤에 있는 접이식 침대에서 잤다. 단지 무엇이 우선순위인지의 문제였다.

비록 돈이 많지는 않았지만, 좋게 생각하면 매기와 패트릭은 아이들과 그만큼 많은 시간을 보낼 수 있었다. 부부는 피니어스와 빌리를 위해 따듯하고 자유로운 분위기를 조성했는데, 때로는 본인들이 열정에 넘쳐 음악을 연주하고 가족들 앞에서 공연을 하기도 했다. 패트릭은 우쿨렐레와 피아노를 다뤘다. 매기는 작곡 워크숍을 열었고, 2009년에는 '위 세일 We Sail'이라는 제목의 컨트리 뮤직 앨범을 내기도 했다.

곡을 만들어 함께 노래하는 것이 일상인 집이었다. 패트릭이 편성한 다채로운 음악이 담긴 믹스테이프를 들으며 가족들은 노래를 따라 불렀다. 테이프에는 그린데이, 비틀스, 에이브릴 라빈, 린킨파크, 아바 등이 온통 섞여 있었다. 빌리는 〈카풀 가라오케〉에 출연해 우쿨렐레를 연주하며 여섯 살에 익힌 비틀스의 '아이 윌 I Will'을 불렀다. 유튜브에는 열한 살의 빌리가 더패브포(The Fab Four) 버전의 '해피니스 이즈 어 웜 건 Happiness is a Warm Gun'을 공연하는 영상이 있다. 집에서 음악보다 우선시되는 것은 없었다고 빌리는 회상한다. 늦은 시간이더라도 어떤 식이든 음악을 연주했고, 얼른 가서 자라고 잔소리하는 사람은 없었다.

TRACK #03

유일한 규칙은 탄산음료 금지

빌리의 부모님은 엄격한 것과는 거리가 멀었다. 인터뷰에서 딱 한 가지 예로 든 규칙은 탄산음료 금지였다. 최대한 아이들의 자유를 보장해주려 한 부모님의 열망은 피니어스와 빌리를 학교에 보내지 않고 집에서 가르쳤다는 점에서 특히나 잘 드러난다. 1997년 여름 매기가 피니어스를 임신했을 무렵 핸슨의 '음밥MMMBop'이 차트에서 1위를 차지하고 있었다. 핸슨의 구성원인 오클라호마주 털사 출신의 세 형제는 홈스쿨링을 한 것으로 잘 알려져 있었다. 패트릭은 이 재능 넘치는 아이들에 관한 기사를 보며, 자식들이 흥미를 느끼는 분야를 좇도록 부모가 허락해줬다는 내용에 큰 흥미를 느꼈다. 미국의 중서부와 달리 흥미진진한 LA에 살고 있었음에도 부부는 아이들을 집에서 가르치기로 마음먹었다.

빌리는 여러 인터뷰에서 홈스쿨링 덕에 자신의 독립적이고 창의적인 영혼이 배양됐다고 말했다. 학교처럼 시간표가 있는 게 아니어서 남매는 자신들이 열정을 느끼는 일을 하며 하루를 보낼 수 있었다. 15살에 고등학교 과정 이수를 인정받을 만큼 열심히 공부했지만, 빌리는 대부분 미술, 음악 등 창의성이 발휘되는 과목에 많은 시간을 할애했다. 의상을 제작하고 공작하는 걸 즐겼는데, 어느 정도 나이를 먹고서는 뒷마당에 카메라를 설치해 놓고 직접 단편영화를 찍기도 했다. 빌리는 사진이나 동영상에 찍히는 걸 좋아했다고 밝혔으며, 한때는 모델이 되길 꿈꿨다고 한다.

TRACK #04

홈스쿨링을 함께한 남매의 끈끈한 우정

어린 시절부터 부모님의 길을 따라 연기자가 된 피니어스는 열네 살의 나이에 캐머런 디애즈가 주연한 영화 〈배드 티처〉에 출연했고, 2년 후에는 독립영화 〈라이프 인사이드 아웃〉(남매의 어머니가 공동 집필)과 드라마 〈글리〉의 두 에피소드에 출연했다. 빌리도 연기자가 될뻔했지만 스스로 기회를 박차버렸다. "오디션을 두 번인가 봤는데 정말 별로였어요." 〈롤링스톤〉 매거진과의 인터뷰에서 빌리는 이렇게 말했다. "짜증 났어요. 으스스하고 썰렁한 방에 똑같이 생긴 애들이 앉아있더라고요. 아역 배우들은 대부분 사이코패스예요." 하지만 다른 아이들 여럿과 영화 배경 효과음으로 쓰이는 대화를 녹음하는 것은 재미있었다고 한다. 빌리의 목소리를 딱 집어내는 건 불가능하겠지만 〈윔피 키드〉와 〈라모나 앤 비저스〉, 〈엑스맨〉에 목소리로 출연했다.

오빠와 홈스쿨링을 했다는 것은 두 사람이 단지 남매일 뿐만 아니라 서로의 단짝 친구였음을 의미한다. 이는 너무나도 끈끈한 관계이기에 고된 작곡 과정, 녹음, 투어 일정을 견뎌내는 원동력으로 작용했다. 한편 홈스쿨링을 했다고 해서 고립된 생활을 한 것은 아니다. 당시 LA에는 홈스쿨링이 유행이었고, 홈스쿨링을 하는 가족들은 커뮤니티를 만들어 친목을 다지고 서로를 지지했다. 정기 모임도 있었고, 아이들이 함께 공연을 하기도 했다. 일주일에 한 번씩, 학부모들은 요리, 바느질 등 다양한 과목을 가르쳤다. 빌리는 엄마가 여는 작곡 수업을 들었다. 매기는 훌륭한 선생님이었다. 작곡 입문을 가르쳤는데 아이들이 상상의 나래를 펼칠 수 있도록 자유를 주는 수업이 주를 이뤘다. 빌리는 열한 살 때부터 진지하게 곡을 쓰기 시작했는데, 몇 년 지나지 않아 세련된 곡들을 써내며 친구들과 주변 어른들을 깜짝 놀라게 했다.

빌리와 피니어스는 LA 어린이 합창단(LACC)에서 음악 수업을 듣기도 했다. 여덟 살에 합류한 빌리는 합창단에서 인정받는 일원으로 자리를 잡았고 열다섯에 합창단을 떠났다. 1980년대에 창립된 이 합창단은 음역대를 부드럽게 넘나드는 특유의 벨칸토 창법으로 세계적인 명성을 얻었다. 빌리는 가수로서 기초를 탄탄하게 다지게 해준 LACC에 감사함을 표했다. 그곳에서 빌리는 목소리 관리하는 법뿐만 아니라 악보를 읽고 곡을 쓰는 법을 배웠다.

TRACK #05

검은 말을 탄 아이

그 무렵 빌리는 춤추는 것도 배웠다. 1930년대에 활동한 어린 스타 댄서인 셜리 템플이 출연한 영화에서 영감을 받아 탭댄스 수업을 듣기 시작했고, 여덟 살이 됐을 땐 발레와 재즈 댄스를, 이후엔 힙합과 현대무용을 배웠다. 빌리는 놀라운 재능을 보이며 12살엔 경쟁력 있는 무용단에 들어가 자신보다 나이가 많고 경험도 풍부한 무용수들과 여러 종류의 수업을 들었다. 빌리가 가진 무용수로서의 재능이 어디까지 뻗어갈 수 있었을지 우리는 결코 알 수 없을 것이다. 1년을 다 채우기도 전에 부상 때문에 무용을 그만둬야만 했고 그 열정을 다른 데 쏟아야 했기 때문이다.

무용을 그만둔 빌리는 다른 열정을 키워나갔는데, 그것은 다름 아닌 승마였다. 부모님은 생활비를 절약해 빌리가 일주일 동안 지역 승마장에서 수업을 들을 수 있게 해주셨다. 하지만 정규 수업을 들을 수 있는 형편은 아니었기에 빌리는 마구간을 청소하고 말들을 돌보고 어린아이들의 파티 진행을 보조하는 등의 일을 하며 수업료를 대신했다. 그렇게 빌리는 2년 동안 일하며 '재키 오' 라는 이름의 아름다운 검은 말을 꾸준히 탈 수 있었다.

그렇게 수업료를 냈음에도 승마장에 오는 부잣집 여자애들 사이에서 가난한 아이처럼 느껴지는 것을 의식하지 않을 수는 없었다. 재키 오를 타는 우선권을 부잣집 여자아이에게 빼앗기기에 이르자 빌리는 견디지 못하고 승마를 그만뒀다. 비록 타지는 않더라도 계속해서 마구간을 찾아가 재키 오와 시간을 보낼 정도로 빌리는 그 말을 사랑했다. 이후에도 승마는 빌리의 삶의 일부로 남았고, 유명세와 일에서 오는 압박으로부터의 돌파구로 작용했다. 오클랜드 해변, 뉴질랜드, 글래스고 외곽의 컨트리클럽, 스코틀랜드 등지의 승마장을 찾은 이들은 운이 좋으면 투어 도중 일정이 맞아 한껏 미소를 지으며 말을 타는 빌리를 목격할 수 있었을 것이다.

빌리는 어디에서 영감을 받을까?

Billie's inspiratitions

오로라가 부른 '런어웨이 Runaway'의 뮤직비디오를 본 12살의 빌리는 퍼즐 조각이 맞춰지는 느낌과 함께 자신 또한 그런 일을 하겠다고 결정했다. 성공할 수 있을지, 어떤 삶을 살게 될지는 신경 쓰지 않았다. 둘 사이의 공통점을 찾으려는 독자들은 노르웨이 출신의 오로라가 12살 때 '런어웨이'를 썼다는 점을 집어낼 수 있을 것이다. 맑은 목소리와 로우파이 신디사이저 반주는 어린 빌리가 충분히 따라 해볼 수 있는 소리였다. 몇 년 후에 오로라는 "자신이 원하는 것을 실행하는 아티스트들이 많아져야 해요. 빌리는 자기 목소리를 정말 멋지게 써요"라는 말로 자신이 받은 사랑을 돌려줬다.

빌리는 사실상 모든 젊은 여자 가수와의 비교를 피해갈 수 없다. 특히나 본인이 좋아하는 아티스트로 꼽은 에이미 와인하우스, 마리나 디아먼디스, 할시, 멜러니 마르티네즈는 물론, 1950년대 가수인 페기 리와도 비교되곤 한다. 사람들이 가장 먼저 떠올리는 비교 대상은 아마도 라나 델 레이일 것이다. 빌리는 '오프 투 더 레이시스 Off to the Races'를 '내가 들어본 가장 죽여주는 음악'이라며 극찬했다. 델 레이가 내는 음역대, 표현력과 전달력, 진정성, 슬픔에서 아름다움을 찾아내는 능력이 큰 영향을 미쳤음이 분명하다. 한편 빌리는 라나 델 레이와 비교되는 것을 거부한다. "빌리 아일리시가 새로운 라나 델 레이라는 말은 듣기 싫어요." 2019년, 〈LA타임즈〉와의 인터뷰에서 빌리는 말했다. "그런 식으로 라나를 깎아내리지 마세요! 활동 기간 내내 너무나 완벽하게 자신만의 세계를 구축했는데 그런 말을 들으면 안 되죠."

빌리와 함께 자주 언급되는 가수 중에는 뉴질랜드 출신의 로드도 있다. 2013년에 출시된 '로열스 Royals'가 몇 개월 차이를 두고 차트 상위권에 오르는 히트곡이 되면서 두 사람은 어린 나이에 사운드클라우드에서 바이럴 히트를 거뒀다는 공통점을 갖게 됐다. 게다가 두 사람 모두 최소한의 악기를 사용하고 강렬한 가사를 쓰며('우린 꿈속에서 캐딜락을 몰아'를 빌리가 쓴 가사로 오해하는 이들도 있을 것이다) 힙합의 영향을 받았다. 로드도 보컬을 여러 겹으로 쌓는 방법을 많이 사용하고, 절제된 창법으로 속삭이듯 잔상을 남긴다는 평을 자주 듣는데 이는 빌리의 목소리를 수식할 때 자주 쓰이는 단어들이다. 한편 두 사람은 공통점이 많은 것 이상으로 다른 점도 많다. 시간이 지남에 따라 두 사람 모두 자신만의 개성과 장점을 증명해 보였다.

TRACK #06

평범하지만 준비된 가정

진보적인 양육 방식, 홈스쿨링, 이른 연예계 활동 등 독특한 면들이 있긴 하지만 빌리의 어린 시절은 지극히 평범했다고 볼 수 있다. 킥보드를 타고 동네를 돌아다니고 친구들과 어울리며 텔레비전과 영화를 보는 등 또래들과 별반 다를 바가 없었다. 나이를 먹자 저스틴 비버의 사진으로 벽을 도배했고, 자신의 외모에 대해 고민했으며, 남자아이들에게 집착하기도 하고 친구들과 스타벅스에서 만나 놀기도 했다. 5살의 빌리와 찍은 사진에 등장하는 조도나호는 십 년이 흐른 후 친동생과도 같은 빌리와 함께 투어를 다니는 모습이 포착되곤 한다. 늘 빌리 곁에 있는 또 한 사람으로는 피니어스가 있다. 자신만의 관심사가 뚜렷해진 10대 후반에도 피니어스는 계속해서 즐겁게 동생과 음악을 만들었다. 피니어스의 방은 점점 레코딩 스튜디오처럼 변했고, 빌리는 그 방에서 오빠의 작업을 구경하거나 자기가 쓴 곡을 녹음하곤 했다.

하이랜드파크에서의 삶은 어린 나이에 스타가 된 빌리의 재능을 키우고 성격을 형성하는 데에 많은 영향을 줬다. 다양한 음악을 들을 수 있었던 점, 직접 곡을 쓰고 연주하도록 권장한 점, 사람들 앞에서 공연할 기회가 주어졌던 점은 전문 음악인의 삶을 살기 위한 토대가 됐다. 통제와 반복되는 일상, 또래에게서 받는 심적인 압력이 없는 환경도 빌리에게는 긍정적으로 작용했다. 사람들이 자기를 어떻게 생각하는지, 반 아이들 사이에서 인기가 어느 정도 있는지를 신경 쓰지 않아도 됐다고 빌리는 말한다.

13살 이후, 어린 빌리의 삶에 변화 찾아왔다. 음반계의 실무자, 기획자, 매니저, 뮤지션, 팬 등 외부의 사람들이 삶에 유입된 것이다. 보통 그 나이에는 그 모든 것이 버겁게 느껴질 수 있을 텐데 빌리는 많은 부분에서 준비돼 있었다. 남다른 가정 교육으로 흔치 않은 자신감이 탑재되어 있었고 나이에 비해 조숙했다. 그야말로 편안함과 안정감을 제공한 가정이었고, 머지않아 온 세계가 알게 될 놀라운 재능을 배양한 가정이었다.

2장

작은 방으로 쏟아지는 스포트라이트

TRACK #01

동화가 현실이 되는 시간

이제 이 일화는 두고두고 이야기될 팝 역사의 일부가 되었다. 평범한 13살짜리 여자아이로 잠들었다가 깨어보니 스타가 되어있었다는 동화책에나 나올 법한 이야기는 흡사 디즈니 영화의 줄거리처럼 느껴지지만, 실제 있었던 일과 크게 다르지 않다. 빌리 아일리시는 온라인에 노래를 올리는 평범한 청소년이었다. 노래가 급속도로 퍼져나가 모든 것이 갑작스럽게 변해서 현실을 받아들이기가 힘들었다고 본인도 밝힌 바 있다. 빌리는 그저 매 순간을 만끽하고 수긍하기로 했다.

2015년 가을, 오코넬 가족 중에 스타가 한 명 배출될 운명이었다면 아마도 배우로서 첫발을 내디딘 빌리의 18살짜리 오빠 피니어스가 유력 후보였을 것이다. 피니어스는 영화 〈배드 티처〉에 이어 2015년 초에 방영된 TV 드라마 〈글리〉의 마지막 회에서 주요 배역을 맡는 등 활발하게 활동했다. 동시에 그가 속한 밴드 슬라이틀리즈는 LA에서 인기를 끌고 있었다. 샌타모니카 피어의 트와일라잇 콘서트에서는 1만 명에 달하는 관중 앞에서 공연을 펼쳤고, 2014년 10월에는 LA 지역 신문인 〈LA위클리〉가 '앞날이 기대되는 밴드'라고 이들을 소개했다.

TRACK #02

노래, 안 하는 것이 더 이상한

13살의 빌리는 오빠의 성공이 진심으로 기뻤다. 오디션을 엉망으로 봐서 크게 상심해있던 차에, 빌리는 부모님과 오빠를 따라 배우가 되려는 생각을 접고 자신의 창의적인 에너지를 모두 춤에 쏟기로 했다. 몇 해 전 탭댄스에 품었던 열정은 어느새 모든 종류의 춤에 대한 사랑으로 자라 있었다. 오늘날에도 춤에 관해 이야기할 때면 자신을 자유롭게 표현하는 수단으로서 애착을 느낀다는 것이 느껴진다. 13살에 빌리는 LA에 있는 레볼루션 댄스 센터(RDC)에 다니고 있었는데, 연습실에서 일주일에 열한 시간을 보내며 컨템포러리, 리리컬, 힙합 등의 장르를 배우며 일반부문 경연에 참여했다. 이때만 해도 빌리는 무용수의 길을 걷게 될 것 같았다.

그렇지만 노래하는 건 여전히 너무나도 좋아했다. 사실 그런 가정환경이라면 노래를 안 하기가 불가능했을 것이다. 빌리는 부모님이 들려주는 노래들을 따라 불렀고, 자신이 좋아하는 곡과 오빠가 작곡한 노래도 즐겨 불렀다. 침실 벽 너머로는 피니어스가 방에서 로직 프로를 사용해 워크스테이션으로 자작곡들을 녹음하는 소리가 들려왔다. 그 곡들을 오빠만큼이나 잘 알았던 빌리는 자신의 목소리로 부드러운 선율을 얹어 화음을 넣기도 하고, 자기가 직접 쓴 곡을 녹음해보기도 했다.

2015년 8월 1일(피니어스의 18번째 생일 바로 다음 날), 남매는 자작곡을 공유하는 플랫폼인 사운드클라우드에 함께 만든 곡을 올렸다. '쉬즈 브로큰sHE's brOKen, 그녀는 상처받았어'이라는 곡인데, 대문자로 된 글자를 위주로 읽으면 제목과 대조를 이루는 '히즈 오케이HE's OK, 그는 멀쩡해'가 된다. 아마도 2012년부터 웹상에 퍼지기 시작한 '쉬 빌리브드sHE beLIEveD, 그녀는 믿었어' 밈(마찬가지로 대문자만 보면 '히 라이드HE LIED, 그는 거짓말했어'로 읽혀 대조를 이룬다)에서 빌리가 아이디어를 얻은 것으로 보이는데, 어찌 됐든 영리하게 응용한 것만은 분명하다. 가사는 단도직입적으로 이별의 장면을 묘사하며,

간소한 반주(피니어스의 프로듀싱으로 한결 세련돼진)에 빌리의 달콤한 음색이 얹어진 곡이다. 듣는 사람은 분명 빌리의 목소리임을 알 수는 있지만, 이후의 히트곡에서 들을 수 있는 천상의 분위기와 캔디 코팅을 입힌 듯한 속삭임은 느껴지지 않는다.

9월 14일, 사운드클라우드에 한 곡이 더 올라왔다. 빌리는 '핑거스 크로스드Fingers Crossed'가 자신이 쓴 첫 곡이라고 말한다. 당시에는 그 곡이 마음에 들지 않았지만 그냥 올려보고 싶었다고 한다. 작곡 수업에서 엄마는 영화나 드라마를 보고 곡에 잘 어우러질 만한 제목, 이름, 대화 등을 떠오르는 대로 적어보라고 권했다. 빌리는 가장 좋아하는 드라마인 〈워킹 데드〉를 보며 에피소드의 제목인 '모두들 살아남아. 결국 그러지 못할 때까지(Everybody makes it 'til they don't)', '너무 멀리 가버린(Too far gone)'을 가사로 인용했다. 좀비 대재앙에 관한 곡을 쓰려고 했지만 어쩌다 보니 비통한 사랑 노래를 쓰게 됐다고 한다.

'핑거스 크로스드'는 빌리가 처음으로 올렸던 곡과는 사뭇 다르다. 여백이 느껴지는 악기 편성에 길게 끄는 코드 진행, 느린 비트에 얹어진 애절하고 절망적인 보컬은 재앙의 전야를 암시하는 듯하다. 이 곡에서 선보인 친밀하면서도 가슴을 후벼 파는 듯한 빌리의 목소리는 아주 가까이에서 읊조리는 것 같으면서도 동시에 거리감이 느껴진다. 이후 2년 동안 출시된 곡들에서 이러한 보컬 스타일은 친숙하게 자리를 잡았으며, 많은 팬은 지금도 이 트랙을 높게 평가한다.

빌리와 힙합

Billie and hip-hop

11살의 빌리는 침대에 앉아서 음악을 듣고 있었다. 피니어스와 공유하는 음악 라이브러리에 있는 곡들을 듣곤 했는데, 그중 절반 정도는 모르는 곡이었다. 임의 재생으로 설정해서 듣고 있는데 차일디시 갬비노의 '하트비트Heartbeat'가 흘러나왔다. 처음 들어본 그 곡에 빌리는 입을 다물 수 없을 정도로 감탄했다. 그동안 모르고 살았던 세상이 거기 있었다. 빌리는 그렇게 힙합과 만났다.

'오션 아이즈ocean eyes'가 사운드클라우드에서 히트를 거둔 2015년 무렵, 이 음악 스트리밍 플랫폼은 획기적인 힙합 스타일을 찾는 이들에겐 금광 같은 곳이었다. 펑크 랩, 멈블 랩, 이모 랩, 트랩 음악에 영향을 받은 아티스트들이 사운드클라우드에서 활발하게 활동하고 있었다. 이런 음악에 심취한 빌리는 타일러 더 크리에이터, XXX텐타시온, 스키 마스크 더 슬럼프 갓, 릴펌프 등 직접 로우파이 트랙을 만드는(그중 다수는 빌리와 피니어스처럼 방구석에서 음악 작업을 했다) 아티스트에게 빠져들었다.

빌리는 계속해서 힙합에 몰두했다. 또래들처럼 트래비스 스콧, 제이 콜, 에이셉 라키와 드레이크(한때 빌리는 가장 좋아하는 곡으로 '더 모토The Motto'를 꼽았다)도 좋아했지만, 덴젤 커리, 얼 스웨트셔트(2018년, 빌리는 트위터에 '이 사람 아이를 갖고 싶어'라고 적었다), 티에라 왝 같은 아티스트들도 좋아했다. 지금도 재능있는 신예들을 찾는 걸 큰 즐거움으로 삼는 빌리는 레이켈리47, 스미노, 도미닉 파이크 등을 직접 홍보했고, 영국 래퍼 크룩스는 '베리 어 프렌드bury a friend'에 피처링했다.

랩을 하거나 힙합 아티스트로 활동한 적은 없지만, 지금 우리가 접하는 빌리의 음악에는 힙합이 많이 녹아들어 있다. 가사에 두드러지는 재치 있는 말장난, 반항적인 태도, 의상, 무대에서의 몸짓, 공연장에서 관객들의 격한 움직임을 유도하는 점 등은 모두 힙합과 연관돼 있다. 빌리는 본인 외에도 그런 아티스트가 많이 있다고 말한다. "힙합은 지금보다 존중받을 필요가 있어요." 〈뉴욕타임스〉와의 인터뷰에서 빌리가 말했다. "이 시대에 사는 모든 사람한테요. 당신이 뭘 하든, 그건 힙합의 영향을 받은 거니까요."

TRACK #03

오션 아이즈, 조짐이 시작되다

초창기 트랙들은 당시 사운드클라우드에서 적은 조회 수를 기록했을 뿐 큰 주목을 받지는 못했다. 수많은 아이(그리고 어른)가 그렇듯 빌리와 피니어스는 친구들에게 들려줄 목적으로 그저 재미 삼아 곡을 올렸을 뿐이지, 수백만 번 조회되리라고는 꿈도 꾸지 않았다. 게다가 빌리는 춤도 추고, 홈스쿨링 숙제도 하고, 친구들하고 놀아야 해서 너무 바빴다. 그해 가을, 빌리는 처음으로 대규모 콘서트를 보러 갔다. 남매는 힙합 영향을 받은 미국 록밴드 네이버후드의 공연을 관람하기 위해 흡사 거대 동굴을 연상케 하는 LA 슈라인 오디토리엄을 찾았다. 빌리는 2019년에 같은 공연장에서 자신의 공연을 두 번 열었고, 모두 매진을 기록했다.

이후에 일어나는 일은 빌리 오코넬의 인생을 완전히 바꿔놓았다. RDC의 무용수 겸 안무가인 프레드 디애즈는 리아나, 머라이어 캐리, 제니퍼 로페즈 등 톱스타들과 협업한 경력이 있었다. 디애즈는 열심히 곡을 쓰는 빌리와 피니어스에게 자신이 직접 안무를 짜주겠다고 제안했다. 어떤 곡을 염두에 두고 있냐고 빌리가 묻자 디애즈는 영국 가수 랩슬리가 부른 '스테이션[Station]'을 언급했다. 당시 그들은 그 노래에 맞춰 춤을 췄었는데, 선생님은 빌리가 수업에서 그와 비슷한 곡을 흥얼거리는 걸 들었다고 말했다. 빌리는 대번에 선생님이 어떤 곡을 얘기하는지 알아챘다. 오빠가 작곡한 노래 중 하나로, 벽 너머로 들려와 함께 흥얼거리던 노래이자 몇 주 동안 계속해서 머릿속에 맴돌던 노래였다. 그 곡의 제목은 바로 '오션 아이즈'로, 원래는 피니어스가 자신의 밴드 슬라이틀리즈와 합주할 생각으로 쓴 곡이었다.

밴드는 이미 공연에서 '오션 아이즈'를 선보인 적이 있었다. 하지만 피니어스는 그 곡이 빌리에게 완벽하게 어울릴 거라고 생각했다. 당시 빌리는 좋아하던 남자 아이 때문에 힘든 시기를 보내고 있었고, 오빠는 동생이 자신의 곡을 알아봐 주리라 직감했다. 피니어스의 예상은 적중했다. 빌리는 오빠가 자신의 마음을 들여다보며 가사를 썼으며, 자신을 위해 그 곡을 썼다고 느꼈다. 빌리의 목소리는 곡에 완벽하게 녹아들었다. 이전에 없던 깊이가 노래에 더해졌다.

동시에 빌리는 이 곡이 현대무용에 더할 나위 없이 잘 어울릴 거라고 생각했다. 남매는 피니어스의 작은 방에 차려진 스튜디오에서 작업에 몰두했다. 빌리는 침대에 책상다리를 하고 앉았고 오빠는 컴퓨터 앞에 앉았다. 둘은 템포와 구성을 다듬고(당시 이 곡에 대한 두 사람의 의견이 모두 일치했다고 피니어스는 회상한다. 늘 그런 건 아니라고 한다) 녹음을 마친 뒤 함께 들어보며 자신들이 자랑스러워해도 될 만한 무언가를 만들었다고 느꼈다. 남매는 사운드클라우드에 곡을 올리며 무용 선생님이 들을 수 있도록 무료 다운로드로 설정했다. 2015년 11월 18일, 정작 빌리 본인은 알지 못했지만, 팝스타로서의 인생은 그 순간 시작됐다.

다음 날 빌리는 추위를 피해 스타벅스에 들어가 다음 무용 수업을 기다리고 있었다. 그때 피니어스에게 전화가 왔다(빌리는 업로드 후 며칠이 지난 뒤일지도 모른다고 얘기했지만 하룻밤 사이에 스타가 되는 쪽이 훨씬 극적이어서 제목을 그렇게 지었다!). 오빠는 동생에게 사운드클라우드에서 그 곡이 수천 번 재생됐다고 말했다. 너무 놀란 남매는 정신이 혼미해졌다. 물론 친구들이 입소문을 내줬을 수는 있지만 그렇게 많은 사람에게 소문을 냈을 리는 없지 않은가! 극도로 흥분한 채 한참을 통화한 나머지 수업에 늦지 않기 위해 뛰어가야 했다고 빌리는 회상한다. 달려가는 내내 얼굴에서 미소가 가시지 않았다고 한다.

TRACK #04

빌리 아일리시가 누구야?

빌리는 자신의 이름 중 앞에 오는 두 개를 예명으로 선택했다. 트랙을 업로드한 사람은 빌리 오코넬이지만, '오션 아이즈'의 재생 횟수가 누적될수록 빌리 아일리시라는 이름이 빠른 속도로 사람들에게 퍼져나가고 있었다. 자신의 곡이나 사진, 동영상을 온라인에 업로드해 본 사람이라면 지인 외의 사람들에게 '좋아요'를 받거나 조회 수를 늘리는 것이 얼마나 어려운지 잘 알 것이다. 그러니 자신들의 곡이 성공을 거두었을 때 빌리와 피니어스가 얼마나 놀랐고 기뻤을지 짐작할 수 있을 것이다. 심지어 어떠한 마케팅이나 홍보 없이 이뤄진 일이었다. 한편 이 곡은 애초에 잘 만들어졌고, 우수한 프로듀싱을 거친 데다 흠잡을 데 없는 보컬이 강점인 트랙이며, 한 번 들으면 누구나 쉽게 기억할 수 있는 곡이다.

3분 30초 길이의 '오션 아이즈'는 부드러운 퍼커션과 일렉트로닉 비트로 미니멀하게 편성된 몽환적인 발라드다. 가사는 강렬한 사랑 이야기를 담고 있으며, '눈먼', '불타는 도시' 등의 비유를 통해 깊고 차분한 감정과 극도의 불안함을 넘나든다. 이 곡이 지닌 매력의 핵심은 빌리의 목소리다. 이전에 녹음한 곡들과 비교했을 때 성숙함이 느껴지며 라나 델 레이, 오로라, 랩슬리에게 영향을 받았음을 짐작할 수 있다. 빌리의 보컬은 힘 있고 깨끗한 동시에, 소프라노 음역대와 강렬한 표현력으로 전달되는 여리고 섬세한 느낌이 공존한다. 이러한 느낌은 여러 겹으로 녹음된 목소리로 더 더욱 강조되어 아린 여운을 남긴다.

소속사가 없는 무명의 아티스트가 낸 곡으로는 놀라운 출발이었지만, 사운드클라우드에 있는 수백만 개의 트랙 중에서 존재감을 드러낼 확률은 희박했다. 하지만 극악의 확률을 뚫고 '오션 아이즈'는 계속해서 주목받았다. 같은 주, LA에 기반을 둔 음악 블로그이자 슬라이이틀리즈와 이미 친분이 있던 '프리 바이크 발레'는 '섬세한 디지털 비트와 초현실적 신디사이저, 거기에 천사같이 부드러운 빌리 아일리시의 음색이 조화를 이룬 최면을 거는 듯한 트립합 히트곡'이라며 '오션 아이즈'를 소개했다. 캘리포니아의 음악 소개 사이트 블라블라사이언스는 빌리의 목소리를 '우아하고 충격적인 천상계의 몽환적 음색'이라고 표현했다. 비슷한 시기에 이 곡은 샌타모니카 인근 공영 라디오 방송국 KCRW의 디제이 제이슨 클이머에게 발견되어 소개됐다.

'오션 아이즈'가 알려지는 데 결정적인 영향을 끼친 사람은 이 곡이 조회 수 100을 간신히 넘겼을 때 발견했다고 주장하는 채드 힐러드이다. 힐러드는 숨은 진주 같은 곡들을 발굴해서 소개하는 영향력 있는 웹사이트 '힐리딜리'의 운영자로, 이전에 로드와 랩슬리의 곡을 발굴한 경력이 있다. 힐리딜리의 추천에 더해 '오션 아이즈'와 '핑거스 크로스드'를 동시에 찬양하는 기사에 힘입어 빌리는 한껏 탄력을 받았다. 6개월 후, 빌리는 페이스북에 이들의 공로에 관한 글을 썼다. "이 모든 건 힐리딜리 닷컴 덕분. 마이클 엔라이트(기사를 써주신 분)와 채드 힐라드. 정말로 사랑합니다."

보름이 채 되기도 전에 '오션 아이즈'의 리믹스 버전들이 사운드클라우드에 등장하기 시작했다. 떠오르는 프로듀서인 코셔스 클레이와 저스틴 비버의 '보이프렌드Boyfriend'를 공동 작곡한 블래베어가 동시에 자신들의 버전을 올렸다. 하지만 가장 두드러지고 인기를 끈 버전은 영국의 작곡가이자 프로듀서인 애런 데이비의 버전일 것이다. 애스트로노미라는 이름으로 활동하는 그의 리믹스 버전은 2015년 11월에 등장해 원곡자인 빌리조차 깜짝 놀라게 했다.

애스트로노미는 빌리에게 가사를 알려달라는 인스타그램 메시지를 보냈다. 빌리가 가사를 보내자 얼마 안 있어 리믹스 버전이 떡하니 나타났다. 애스트로노미는 어느 날 밤 우연히 '오션 아이즈'를 듣고 그 자리에 앉아 여섯 시간 동안 리믹스 버전을 만들었다고 한다. 이 버전은 여운을 남기는 퍼커션과 날카로운 보컬의 효과가 배가됐고, 바닷속 느낌이 더해져 원곡의 으스스한 분위기를 한껏 고조했다. 자신의 곡으로 수백만 플레이를 받는 아티스트가 편곡한 '오션 아이즈'는 많은 이에게 최고 버전이라는 찬사를 받았으며, 그 여파로 수천 명이 더 듣는 결과로 이어졌다.

TRACK #05

열네 번째 생일, 15만을 넘기다

빌리는 경악을 금치 못했고, 곡에 대한 반응에 어떻게 대응해야 할지 몰랐다. 다행히도 피니어스는 슬라이틀리즈를 통해 LA 밴드 신에서 활동하는 매니저 대니 루캐신과 친분이 있었다. 루캐신은 '오션 아이즈'라는 곡이 어떤 상황을 맞았는지를 즉각 알아챘고, 그 나이 또래라면 누구나 그렇겠지만 빌리가 갑작스러운 성공에 당황했으리라는 것도 알고 있었다. '오션 아이즈'가 급속도로 퍼져나간 바로 다음 날, 루캐신은 도움의 손길을 내밀기 위해 원곡자의 집을 찾아갔고, 빌리뿐만 아니라 피니어스, 부모님과도 만났다. 루캐신은 빌리가 뮤지션이 될 생각이 있는지, 아니면 곡이 이 정도 관심을 받는 것에 만족하는지를 알고 싶었다. 몇 마디 대화를 나눠본 후 루캐신은 빌리가 이 문제에 대해 이미 진지하게 고민해봤음을, 나아가 자신을 세상에 선보일 생각을 명확하게 품고 있음을 알 수 있었다.

빌리가 상상하는 본인의 미래에 춤은 큰 부분을 차지하고 있었고, 스스로를 가수보다는 무용수에 가깝다고 생각하고 있었다. 약속했던 대로 디애즈는 '오션 아이즈'의 안무를 만들어줬고, 빌리는 이틀 동안 춤을 연습했다. 당시 빌리는 자기보다 나이 많은 학생들과 힙합 수업을 듣고 있었는데, 안타깝게도 골반에 있는 성장판이 파열되는 부상을 입었다. 무용수로의 삶이 끝난 건 아니었지만, 당분간은 쉴 수밖에 없었다. 그런데 때마침 춤 대신 열정을 쏟아부을 분야가 생겼고, 이제 막 시동이 걸리려는 참이었다.

2015년 12월 18일, 열네 번째 생일을 맞은 빌리로서는 모든 것을 감당하기가 쉽지 않았을 것이다. '오션 아이즈'는 이제 재생 횟수가 15만을 넘어가고 있었다. 빌리는 신곡을 소개하는 온라인 기사에 계속해서 소개됐고, 여기저기서 제안의 손길이 끊이지 않았다. 연예계에 대해 어느 정도 알고 있는 부모님, LA 음악 시장에 이제 막 한쪽 발을 담근 친오빠, 친근한 지역 출신 매니저 모두 든든한 아군이었지만, '오션 아이즈'로 받은 관심을 토대로 더 뻗어나가기 위해선, 그리고 자신이 원하는 방식대로 나아가기 위해서는 전문적인 도움이 필요한 시점이었다.

Although she didn't know it yet,
Billie's career as a pop star
had begun.

3장

거대 시장으로 가는 플랫폼에서

TRACK #01

인더스트리 플랜트?

오늘날의 음악계에서 가공되지 않은 팝스타를 찾아낸다는 건 성배를 발견하는 것에 비유할 수 있다. 〈X팩터〉나 〈아메리카 갓 탤런트〉 같은 오디션 프로그램에서 새로운 스타가 탄생하면 사람들은 그들을 깎아내리기에 바쁘다. 브리트니 스피어스, 크리스티나 아길레라, 조나스 브라더스처럼 어린 나이에 스타로 육성된 이들도 가혹한 대중을 피해갈 수 없었다. 순수하게 재능 하나만으로 성공을 거둔 것처럼 포장하지만 실은 배후에 음반사나 기획사가 있는 경우도 헐뜯기긴 마찬가지다. 업계에서는 이들을 '인더스트리 플랜트'라고 부르며, 대표적으로 언급되는 예로는 에드 시어런과 저스틴 비버가 있다. 비꼬기 좋아하는 이들은 그런 식으로 순수성을 연기하는 데 성공한 연예인을 가리켜 '진짜(real deal)가 나타났다!'고 말한다.

세계 음반 차트나 스트리밍 사이트와 같은 거대 시장에서 든든한 지원 없이 일반 대중에게 노출되는 것은 현실적으로 불가능하다. 어린 나이에 프로듀서, 홍보팀, 스타일리스트의 손을 거쳐 만들어진 스타들이 있는가 하면, 재능을 인정받아 잠재적인 스타로 분류되는 이들도 있다. 2016년 1월, 이제 14살이 된 빌리 아일리시는 '오션 아이즈'의 인기로 두 카테고리 모두에 해당하게 됐다. 즉 나이가 어려 스타로의 성장 가능성을 가진 동시에 기획사의 날개 밑으로 들어가 보호를 받기에도 충분한 재능을 가졌음을 의미한다.

TRACK #02

플래툰, 자유를 위한 정거장

빌리에게 '인더스트리 플랜트'라는 꼬리표를 붙이는 이들도 있었다. 한때 연예계에 종사한 부모님, 먼저 음악계에서 활동한 오빠가 있는 데다 연예 기획자의 제안을 받았다는 이유에서지만, 모두 큰 영향력이 없는 무명들이었다. 그렇다고는 해도 이들은 빌리에게 조심하라고 조언할 만큼은 연예계에 대해 알고 있었다. 빌리는 본인이 원하는 바를 잘 알고 있었고, 만약 성공을 거둔다면 그것은 자기가 원하는 방향에서의 성공이어야 했다. 하지만 그러려면 자본과 노하우가 필요했다.

바로 그때 덴질 페이겔슨이 등장했다. 페이겔슨은 송킥, 라스트 FM, 사운드클라우드의 배후에 있는 자본가 사울 클라인과 함께 '플래툰'이라는 회사('겁 없는 창작자들을 위한 플랫폼'이 되기를 희망하는)를 막 설립한 참이었다. 1980년대부터 음악계에 종사한 페이겔슨은 늘 인디 음악가들과 소속사가 없는 인재들에게 관심을 가졌었고, 그들이 CD를 제작해 배포할 수 있도록 AWAL(Artists Without A Label, 레이블이 없는 아티스트들)이라는 음반사까지 만들었다. 21세기에 접어들어 페이겔슨은 애플 뮤직과 아이튠즈 페스티벌의 개시에 중요한 역할을 했다. 그는 시대의 흐름을 파악하는 능력이 탁월한데, 특히 사운드클라우드, 스포티파이, 아이튠즈가 음반 업계를 어떻게 바꿔놓을지를 정확히 예측했다.

플래툰은 이러한 사이트에서 주목받는 빌리 같은 아티스트들에게 손을 내밀었고, 전통적으로 음반 회사들이 그랬듯 마케팅, 홍보, 영상 제작, 녹음실 등을 제공했다. 장기 계약으로 아티스트를 묶어두지도 않았고, 곡에 대한 권리를 나눠 가지려고 하지도 않았으며, 특히나 빌리에게는 매우 중요한 문제였을 창작에 대한 자유도 제약하지 않았다. 당시 플래툰은 처음으로 계약한 아티스트인 영국 출신 싱어송라이터 조자 스미스가 싱글 앨범 '블루 라이츠Blue Lights'를 자신의 독립 레이블에서 발매하도록 돕고 있었다. 독립성을 중요하게 생각하는 빌리에게 플래툰은 더할 나위 없이 완벽한 회사였다.

2016년 1월, 플래툰과 계약한 빌리는 지난해에 잠시 멈췄던 지점에서 다시 활동을 이어나갔고, '오션 아이즈'의 재생 횟수는 계속해서 늘어만 갔다. 이번에는 레이디 가가와 샘 스미스의 리믹스로 찬사를 받은 바 있는 디제이 겸 프로듀서 골드하우스가 '오션 아이즈'의 리믹스 버전을 내놓았다. 이 버전은 업비트와 악기를 추가한 트로피컬 하우스(2016년 초에 인기를 끈 장르) 풍으로 전혀 다른 분위기를 연출한다. 이 트랙은 클럽가의 단골 곡이 됐으며, 빌리는 페이스북에 '이 리믹스 쩐다(LIT)!'라고 게시하며 애정을 표현했다.

TRACK #03

50명과 함께한 첫 공연

한편 빌리와 피니어스는 새 곡을 쓰느라 여념이 없었다. 1월 12일에 빌리의 페이스북에 게시물이 올라왔다. '오늘 치트코즈랑 개쩌는 곡 작업'이라는 글귀와 함께 올린 사진에는 빌리가 일렉트로닉 디제이 트리오 치트코즈의 멤버인 트레버 달과 포즈를 취하고 있다. 빌리와 마찬가지로 LA에 거주하는 치트코즈는 '오션 아이즈'보다 6개월 앞서 '비전스Visions'라는 트랙으로 주목을 받았고, 이어서 '어드밴처Advanture'의 성공으로 체인스모커스 투어의 오프닝 무대 중 한자리를 얻어냈다. 빌리와 피니어스는 치트코즈와 두 트랙(하나는 본인들 것, 하나는 치트코즈 것)을 녹음했다. 치트코즈는 2월에 네덜란드 출신의 삼인조 크리스크로스암스테르담과 '섹스Sex'를 출시했는데, 이 트랙은 공전의 히트를 기록하며 전 세계에서 수백만의 재생 횟수를 기록했다. 그렇게 성공을 거둔 치트코즈는 빌리와 녹음한 곡을 묵혀두었고, 그 곡은 아직도 세상밖에 나오지 않고 있다.

'오션 아이즈'를 스트리밍해서 듣는 사람들 대부분은 빌리가 13살이라는 것과 친오빠와 함께 트랙을 녹음했다는 사실 정도만 알고 있었다. 아마도 사운드클라우드에 노래와 함께 게시된 강렬한 흑백 사진도 봤을 것이다. 13살보다는 두세 살 정도는 많아 보이는 사진 속 빌리는 카메라 너머 어딘가를 응시하고 있는데, 검은 뿌리가 올라온 긴 금발 머리는 한쪽 눈을 완전히 가리고 있다.

3월 초, 이미 친분이 있는 소수의 관객 앞에서 빌리는 첫 공연을 올렸다. 장소는 하이랜드파크에 있는 빌리네 집에서 조금 떨어진 곳에 있는 하이햇이라는 이름의 작은 공연장이었다. 영국 밴드 Mt. 울프의 게스트로 출연한 무대였기에 빌리와 피니어스는 주로 검은 옷을 입었다(빌리는 레깅스, 티셔츠, 재킷을 착용). 50명 남짓의 관객은 넋을 잃고 남매의 공연을 바라봤다.

그달이 끝나갈 무렵, 빌리는 세상 밖으로 한 걸음 더 나왔다. 2016년 3월 24일, '오션 아이즈'의 뮤직비디오가 출시된 것이다.

촬영은 2015년 12월, LA 기반의 감독 메간 톰슨의 연출로 진행됐다. 톰슨은 '핸즈 라이크 하우시즈', '애스트로노탈리스'와 같은 흥미로운 독립 영상물을 주로 연출한 바 있다. 빌리의 집에서 촬영된 이 뮤직비디오는 펄럭이는 파란 커튼 앞에서 빌리가 시종일관 카메라를 향해 연기하는 단순한 구조를 띤다.

TRACK #04

기지개를 켜듯, 블룸

백지상태에서 드라마를 창조하는 빌리의 놀라운 능력에 힘입어 뮤직비디오는 곡이 지닌 강렬함에 부합했다. 빌리는 자신의 존재감으로 화면을 가득 채우며 눈과 작은 손동작으로 힘있게 감정을 전달했다. 단순한 검은 티셔츠 차림에, 짙은 색의 뿌리가 올라온 금발 머리는 끝이 젖어 있는 느낌으로 늘어져 있다. 거기에 검은 언더아이라이너, 반짝이는 레드 브라운 마스카라는 전형적으로 예쁘면서도 '흥미로운' 룩을 완성한다. 하지만 정작 빌리 본인은 썩 마음에 들지 않았다고 이후에 고백했다. "생일 다음 날 찍었어요. 이제 막 14살이 됐죠. 제가 원하지도 않는 화장을 하게 했어요. 머리는 아주 X같이 해놨고요."

'오션 아이즈' 이후 빌리와 피니어스는 기존의 곡들과 신곡 작업을 병행했다. 6월 23일, 운명의 첫 곡 발표로부터 7개월 후, 남매는 오랫동안 공들여 작업한 '식스 피트 언더Six Feet Under'를 출시했다. 플래툰과의 계약 덕에 이 곡은 사운드클라우드뿐만 아니라 아이튠즈, 스포티파이, 타이달, 아마존 등 전 세계를 대상으로 하는 디지털 시장에도 발매됐다. '식스 피트 언더'의 작사, 작곡, 편곡은 피니어스가 도맡아 했고, 노래는 빌리 혼자 했다. 이 곡은 '오션 아이즈'의 느낌을 이어받아 드문드문 들리는 신시사이저 소리를 배경으로 한마디 한마디 조곤조곤 이야기하는 듯한 숨죽인 창법이 몽환적인 느낌을 형성하는데, 빌리가 기지개를 켜듯 '블룸'을 길게 늘여 부르는 부분에서 차별성이 생긴다. 다시 한번 피니어스의 단순하면서도 가슴을 후벼 파는 짧은 프레이즈 사용과 능숙한 은유적 표현이 돋보인다.

'오션 아이즈'처럼 단박에 히트하진 못했지만, '식스 피트 언더'는 핵심 팔로워 층을 형성하는 데 한몫했다. 개중에 영향력 있는 이들의 스포티파이 플레이리스트에 올라가면서 이 곡은 더욱 알려졌다. 가장 눈에 띄는 팔로워로는 애플 뮤직 1 라디오 진행자인 제인 로우를 예로 들 수 있다. 로우는 자신의 방송에서 '식스 피트 언더는 정말 굉장한 곡'이며, 빌리를 '놀라운 신예'라고 소개했다. 발매 며칠 후, 이 곡은 인기 청소년 스릴러물 드라마 〈프리티 리틀 라이어즈〉의 사운드트랙으로 쓰이며 또 한 차례 탄력을 받았다.

타일러 더 크리에이터

Tyler, the Creator

막 이름을 알렸을 당시 빌리는 대부분의 인터뷰에서 가장 좋아하는 동시에 영향받은 아티스트로 타일러 더 크리에이터를 꼽았다. 타일러는 언더그라운드 랩 그룹인 오드 퓨처(멤버로는 프랭크 오션, 얼 스웨트셔트가 있다)를 결성했고, 솔로로도 성공적인 커리어를 쌓았다. 2011년에는 싱글인 '용커스Yonkers'의 유튜브 영상이 급속도로 퍼져나가며 주목을 받았고, 〈레이트 나이트 위드 지미 팰런〉에 출연해서는 광적인 무대를 선보였다. 데뷔 앨범 '고블린Goblin'은 빌보드 핫 100에서 5위까지 올라갔고 후속 앨범 '울프Wolf, (2013)', '체리 봄Cherry Bomb, (2015)', '플라워 보이Flower Boy, (2017)'로 점차 나은 성적을 거두다가, 2019년 '이고르Igor'로 차트 1위를 차지하고 2020년 그래미 시상식에서 베스트 랩 앨범을 수상했다.

빌리는 2013년 승마장에서 아르바이트하던 당시 타일러의 음악을 처음 접했다. 함께 어린이 캠프에서 보조 역할을 하던 동료는 타일러의 사진을 핸드폰 배경으로 설정해놨었는데(생긴 게 마음에 들었다고 한다), 그게 누군지도 모른다는 빌리의 반응에 깜짝 놀랐다. 둘은 타일러의 히트곡 '타말Tamale'을 함께 들었다. 다섯 살짜리 아이들이 말을 타고 지나가는 와중에 빌리는 그 음악에 빠져들었다. 아직 힙합에 대해 많이 알진 못했지만, 따로 노력하지 않아도 타일러의 음악에서 매력을 발견할 수 있었다. 타일러는 공포스럽고 어두운 주제를 다루길 좋아하며 자신이 정신적으로 취약한 부분을 탐험하는 데 있어 주저하지 않는다. 그러고 보니 우리가 아는 어떤 아티스트와 공통점이 많은 것 같다.

둘 다 LA 출신이라는 점 외에도 빌리와 타일러는 음악을 넘어 다른 분야에서도 창의적 충동을 느낀다는 점에서 공통점을 띤다. 타일러는 앨범의 아트워크 제작, 뮤직비디오 연출을 직접 하는 것은 물론, 녹음과 무대 연출에 관련된 창의적인 면에도 주도권을 갖고 참여한다. 신인 시절에는 골프 왕이라는 의류 브랜드를 만들어 자신만의 화려하고 컬러풀하며, 때로는 논란의 대상이 되기도 하는 스트리트웨어, 신발, 스케이트보드를 제작했다.

빌리는 LA의 골프 왕 매장을 방문했을 때 타일러와 처음 만났다. 매장 안쪽에 있는 타일러의 개인 공간에서 잡담을 나누며 두 사람은 친해졌다. 빌리는 진정한 천재라는 표현을 아끼지 않으며 타일러를 향한 한결같은 팬심을 보였다. 2019년, 제인 로우와의 인터뷰에서 타일러는 자신 또한 빌리의 음악을 너무나도 좋아한다고 말하며 언젠가 공동 작업을 추진하고 싶다고 밝혔다. 빌리는 즉시 인스타그램에 "이 사람 입에서 그런 말이 나올 줄은 꿈에도 몰랐다. 와우. 타일러가 없었으면 난 아무것도 못 했을 거야. 그건 모두가 아는 사실"이라고 썼다.

TRACK #05

"1초를 듣고 느낌이 왔죠"

이제 점점 속도가 붙기 시작했다. 2016년 8월, 빌리는 아티스트 매니지먼트 회사이자 음반 레이블인 다크룸과 계약했다. 당시 다크룸의 리더 저스틴 러블라이너는 28세의 나이였는데, 레이디 가가, 라나 델 레이가 소속된 메이저 레이블인 인터스코프 레코드와 협업을 진행 중이었다. EDM 아티스트 그리핀을 1호 아티스트로 데리고 있던 러블라이너는 '오션 아이즈'를 듣자마자 빌리를 영입하기로 마음먹었다. "딱 1초 듣고 사진을 봤는데 느낌이 왔죠." 히츠 데일리 더블 웹사이트와의 인터뷰에서 러블라이너가 말했다. "처음 이 일을 시작했을 때부터 찾고 있던 아티스트를 발견한 느낌이었어요. 함께 일하기 위해 내가 할 수 있는 건 다 했죠."

두 사람은 빌리 아일리시라는 가수의 정체성, 시각적 창의성, 퍼포먼스에 있어 같은 비전을 공유하는 듯했다. 과한 홍보를 앞세워 싱글 히트를 목표로 하는 관례적인 신인 양성 전략(케이티 페리의 '아이 키스드 어 걸I Kissed a Girl'이나 이기 아젤리아의 '팬시Fancy' 같은)은 피하고, 대신 각기 다른 느낌의 곡을 연이어 출시해 빌리의 개성과 다양한 면모, 재능을 소개하며 경력을 쌓아가자는 의견이었다.

'오션 아이즈' 뮤직비디오에 실망했던 빌리는 '식스 피트 언더'의 뮤직비디오를 직접 연출했고, 편집은 엄마가 맡았다. 영상에서는 빌리네 집 울타리 앞에 놓인 발연통에 불이 붙으며 마당을 빨강, 파랑, 노랑 연기로 채운다. 매우 흥미롭고 예술적인 뮤직비디오였지만, 많은 팬은 거기에 만족하지 못하고 빌리가 그 노래를 라이브로 부르는 모습을 보고 싶어 했다.

머지않아 팬들의 바람은 이루어졌다. 8월 8일, 신인들의 라이브 공연을 주로 다루는 소파 사운즈가 LA의 작고 친근한 공간에 마련한 무대에서 빌리와 피니어스는 '식스 피트 언더'를 합주했다. 피니어스는 연갈색 티셔츠와 셔츠 차림으로 건반 앞에 앉았고, 빌리는 그 옆에 놓인 스툴에 앉았다. 캐주얼하게 머리를 뒤로 묶은 빌리는 흰색 스웨트셔츠에 주름이 잡힌 흰색 플레어스커트를 입었다. 당시 빌리는 최소한의 메이크업만 한 채 큰 원형 귀걸이를 걸고 나와 피니어스의 단순화된 건반 반주에 맞춰 14살의 나이가 무색할 정도의 품위와 자신감을 보이며 노래했다. 그달 말, 유튜브에 공연 영상이 올라왔다. 그걸 본 사람들은 눈앞에서 진정한 스타가 탄생하고 있음을 느낄 수 있었다.

TRACK #06

성숙한 미성년자의 무대

'식스 피트 언더'의 조회 수는 머지않아 백만을 넘어섰고, 다양한 버전의 '오션 아이즈'는 합쳐서 2,000만을 넘겼다. 그 무렵 빌리는 여기저기 공연을 다니기 시작했다. 릭쇼 스탑은 캘리포니아주 안에 있긴 하지만 LA가 아닌 샌프란시스코에 있는 공연장이다. 그곳에서 빌리는 또 한 명의 떠오르는 신예 미츨의 오프닝 무대를 장식했다. 피니어스뿐만 아니라 베이스기타, 전자 드럼 연주자와 함께 무대에 오른 빌리는 '오션 아이즈', '식스 피트 언더' 외에도 '벨리에이크bellyache', '호스티지hostage', '마이 보이my boy', '파티 페이버party favor'(이때 빌리는 우쿨렐레를 쳤다), '트루 블루True Blue'를 선보였다. 그중 '트루 블루'는 공연장을 찾는 많은 팬의 사랑을 받음에도 불구하고 아직 스튜디오에서 녹음된 적은 없다.

당시 사진을 보면 스타일리스트의 전문적인 도움을 받기 전 빌리의 모습을 볼 수 있다. 흰색 오버사이즈 셔츠와 회색 캐주얼 바지를 입고 마이크 앞에 선 모습에서 헐렁한 옷을 좋아하는 취향이 드러나며, 긴 금발 머리는 가운데에서 약간 벗어난 가르마를 탔다. 양손에 마커로 커다랗게 표시된 X자는 클럽을 찾은 미성년자임을 나타내는데, 그와는 대조되게 매우 성숙한 무대를 연출했다. 스위트 사운드 바이츠라는 이름의 블로그는 "심적 고통과 무관심에 대한 진심 어린 가사는 14살 또래에 비해 성숙함이 느껴진다"라는 평을 올렸다.

다시 LA로 돌아온 빌리와 밴드는 캐나다의 일렉트로닉 드림 팝 팀인 무(Mu)의 오프닝 무대에 섰다. 장소는 LA 실버레이크에 있는 칵테일 바 겸 공연장인 테넌츠오브더트리즈였다. 작은 공연장에서, 그것도 메인이 아닌 오프닝 무대였음에도 빌리는 이목을 끌었다. 9월 말, 빌리는 10대 패션 잡지 〈틴보그〉에서 주최하는 영 할리우드 행사에 초대받았다. 캘리포니아 말리부에서 열린 이 이벤트에 빌리는 소탈해 보이는 녹색 티셔츠에 펜던트를 걸고, 양쪽으로 땋은 머리 위에는 카모플라쥬 야구 모자를 쓴 채 모습을 드러냈다. 아직 14살의 나이였지만 할리우드에서 두각을 나타내는 10대들 사이에서도 매우 편안한 모습을 보였다.

It was clear to anyone
watching that here was a true star
in the making.

4장

괴물 신인이라는 카드를 내밀다

TRACK #01

"화면에 내 이름이 보여요"

1년이 지나서야 빌리는 프레드 디애즈가 안무한 '오션 아이즈'의 댄스 영상을 공개했다. 애초에 이 곡을 녹음한 건 바로 이 안무 때문이었다. 이 영상은 2017년 1월 유튜브에 업로드됐다. 부상으로 인해 그해에는 전혀 춤을 추지 못했지만, 빌리는 자신의 파트를 직접 추기로 마음먹었다. 물 흐르듯 부드럽고 정서가 잘 전달되는 이 안무는 곡의 분위기에 완벽하게 맞아떨어진다. 영상에는 빌리와 함께 수업을 듣던 친구들이 등장한다. 가수로서의 삶이 시작되기 전의 이야기라서 빌리는 춤 추던 게 벌써 오래전 일처럼 느껴졌다고 말했다.

빌리의 나이는 아직 14살이었다. 아직 길가에서 알아보는 사람은 없었지만, 온라인에서의 존재감은 커지고 있었다. 음악 관계자들은 빌리의 나이를 모른 채 보통의 성인 뮤지션에게 하듯 빌리에게 연락했다. “그렇게 많은 일이 동시에 일어나면 정말 현실 같지 않다는 생각이 들 지경이에요.” 대시 라디오에서 빌리가 말했다. “화면에 내 이름이 보여요. 빌리 아일리시. 블랙베어가 트위터에서 내 얘길 하는데 그게 내 이름인 걸 몰랐어요. 생각을 해야 했죠. 아, 저게 내 이름이구나. 지금 내 얘길 하는구나.”

라이브 무대를 통해 빌리는 자신감을 키워갔다. 여전히 자신보다 잘 알려진 이들의 오프닝 무대에 섰지만, 빌리의 음악을 친숙하게 느끼는 사람들은 점점 늘어갔다. 빌리는 노래로 관객과 연결됨을 느낄 수 있었다. 눈물을 흘리는 관객들도 있었다. 본인 역시 다른 아티스트의 음악을 들으며 그와 같은 감정을 느낀 경험이 있었기에 빌리는 이러한 일들이 신기하게 느껴졌다. “눈을 떠보니 내가 한 작업과 음악이 존재한다는 걸 사람들이 알고 있는 거예요.” 빌리가 회상했다. 한 가지 문제점은 공연이 열리는 장소들이 만 18세 미만, 혹은 만 21세 미만의 출입을 허용하지 않는다는 것이었다. SNS의 댓글을 통해 피니어스와 빌리는 자신들의 음악을 좋아하지만 라이브 공연을 보러 올 수 없는 10대들이 많이 있음을 알고 있었다.

인터스코프 레코드와의 계약은 '오션 아이즈'의 전 세계 음원 출시로 11월 18일에 그 첫 결실을 거두었다. 애스트로노미, 블랙베어, 골드하우스, 코셔스 클레이의 리믹스 버전으로 구성된 '오션 아이즈 리믹스 EP'도 함께 출시됐다. 거기에 제리 포크, 가조 앤 블루 제이의 '식스 피트 언더' 리믹스 버전(이후 2017년 2월에 EP로 발매됐다)과 라이브 공연으로 계속해서 인지도는 올라가고 있었다.

부상으로 인해 춤을 못 추는 동안 1년 동안, 빌리는 그 열정을 작곡에 쏟아부었다. 남매는 스튜디오를 옮겨 다니며 다양한 프로듀서와 작업했지만, 늘 돌아오는 곳은 집에 있는 방구석 스튜디오였다. 빌리가 찾고자 하는 소리를 만들어내기에는 편안하고 몸에 익은 환경이 아무래도 유리해서였다.

2017년 전반기에는 그동안 발매한 싱글들의 결과가 하나씩 나타났다. 첫 타자는 2월에 출시된 '벨리에이크'였다. 이 곡이 어떻게 쓰였는지에 관한 일화는 빌리의 창의력과 상상력뿐만 아니라 남매의 찰떡같은 호흡을 보여준다. 어느 날 남매는 피니어스의 친구 두 명과 공연 연습을 하려고 모였다. 기타와 피아노가 즉흥 잼을 하고 있는데 빌리가 전형적인 팝송 느낌으로 치고 들어오며

입안 가득 검을 물고 앉아있는 장면을 노래했다. 이어서 피니어스가 차 뒷좌석에 앉아있는 친구들을 묘사하자, 빌리는 사악하고 기발한 반전을 줘서 화자가 그 친구들을 모두 죽이는 이야기로 풀었다. 남매는 거기서부터 곡 작업을 시작했는데, 피니어스가 '복통(bellyache)'이라는 자신만의 반전을 추가해 살인을 저지른 화자에게 태연한, 또는 천진난만한 성격을 부여했다.

TRACK #02

불길한 흥얼거림과 혼란

빌리는 작업 초기 단계부터 자신의 상상력이 가사를 정당화하기에 충분하다고 주장했다. 이야기를 끌고 갈 창의력이 있으면 타인의 입장에 자신을 대입하는 것(황당하기 짝이 없는 이야기라 할지라도)은 충분히 용납될 수 있다는 주장이었다. 연애 감정에 관한 가사를 쓰고 싶다고 해서 꼭 연애나 실연의 경험이 있어야 하는 것은 아니듯, 광기, 살인, 범죄에 관한 가사를 쓴다고 해서 꼭 누군가를 죽여봐야 하는 것은 아니라고 빌리는 말했다.

어둡고 불편한 가사임에도 '벨리에이크'는 그때까지 나온 빌리의 곡 중에 가장 경쾌하다. 특유의 신시사이저 코드 진행과 느린 비트는 여전히 존재하지만, 여름 느낌을 풍기며 몸을 들썩이게 하는 라틴 분위기의 어쿠스틱 기타가 템포를 끌어올려 분위기를 상쇄한다. 빌리의 목소리는 그 어느 때보다 힘차지만 불길함을 암시하는 느낌을 띤다. 이는 가사 속 인물의 생각을 투영하는데, 흥얼거림으로 시작해 이상한 점을 암시하는 지점, 생각에 빠지는 지점을 지나 후렴구에서는 혼란한 상태를 보여준다.

차트 성적으로 봤을 때 '벨리에이크'는 엄청난 히트곡이라고 할 수는 없다. 애초에 그럴 의도로 만든 곡이 아니었다. 플래튠과 다크룸의 전략대로 빌리의 팀은 차트에서의 성공을 좇는 대신 진솔하고 독특한 곡을 발매해 아티스트로서의 정체성을 만드는 데에 집중했다. 〈빌보드〉는 이렇게 평했다. "빌리는 '벨리에이크' 같은 곡이 방송 재생순위로 좋은 성적을 거두는 것보다는 곁눈질을 받기 좋다는 것을 알고 있을 것이다. 하지만 본인은 개의치 않는 듯하다." 방송을 원 없이 타진 못했을지라도 '벨리에이크'는 미국 버블링 언더 핫 100과 빌보드 미국 얼터너티브 디지털 송 차트에서 모두 11위를 기록했다.

TRACK #03

네 벌의 코트를 껴 입고 무심한 듯 속삭이는

빌리의 정체성 형성에 일조한 이로는 홍보 담당자인 알렉산드라 베이커가 있다. 베이커는 스타일리스트인 사만사 버크하트를 소개했다. 버크하트가 빌리의 스타일을 만들었다고 보긴 어렵지만, 가수가 원하는 것을 이해하고 도움을 주는 역할은 훌륭히 소화했다. 빌리는 고향인 LA를 좋아하면서도 캘리포니아 출신으로는 드물게 뜨거운 태양을 좋아하지 않는다. 사실 LA의 날씨는 헐렁하고 컬러풀한 옷을 여러 겹으로 입기 좋아하는 사람이 살기에 이상적이라고 보기는 어렵다. 빌리는 불편해 보이면서 사람들에게 강한 인상을 남기는 옷을 좋아했다. 때로는 좋은 의미의 강한 인상이 아니어도 개의치 않았다. "어떨 땐 코트 네 벌을 껴입어요." 〈바이스〉 매거진과의 인터뷰에서 빌리가 말했다. "팔에 바지를 걸친 적도 있고요. 낙타색 바지를 셔츠처럼 입었죠." 버크하트는 커다란 플러피 재킷을 걸친 14살짜리 아이로 빌리의 첫인상을 묘사했다. 보기에 멋지긴 했지만, 당시 바깥 기온은 섭씨 35도였다! 빌리의 스타일을 발전시키고 멋진 의상을 많이 공급하는 것이 버크하트의 임무였다.

마일즈 케이블과 에이제이 파비키오(일명 마일즈와 AJ)가 공동 연출한 '벨리에이크'의 뮤직비디오에서 버크하트의 손길이 처음으로 공개됐다. 캘리포니아 사막의 뜨거운 태양 아래에 밝은 노란색 의상을 입은 빌리가 등장한다. 의상 세트는 터틀넥 스웨터, 멜빵 바지, 재킷으로 구성돼 있고 망사 양말과 목이 올라온 흰색 컨버스 운동화가 포인트로 들어갔다. 가사 내용에 맞춘 의상으로 생각하는 이들도 있겠지만 사실은 빌리가 원하는 대로 입은 것이다. 손수레에 돈이 담긴 쓰레기봉투를 싣고 텅 빈 도로를 걸어가는 장면에서 빌리는 타고난 퍼포머로서의 면모를 보여준다. 노래를 따라 부르지 않아도 되는 설정이어서 빌리는 도주 중인 살인강도 역의 고뇌와 무심함을 연기하는 데 전념했고, 때로는 짧은 춤을 추기도 했다. 유머가 가미된 연기 덕에 시청자는 기다리고 있는 경찰과 맞닥뜨리는 반전을 유쾌한 마음으로 맞게 된다.

빌리는 이 곡이 많은 이들에게 관심받지 않아도 괜찮다고 말했다. 그렇게 생각하는 쪽이 좋았고, 그 점은 매우 중요했다. 비록 라디오에서 환대받지는 못했지만 평론가들의 반응은 좋았다. 디지털 저널은 "음악 평론가들이 아일리시를 호평하는 이유는 재능과 예술적 가치 때문이다. 아일리시는 차세대 대형 여성 팝스타로서의 자격이 충분하다"라며 극찬했고, BBC는 '벨리에이크'를 두고 "섬뜩한 폭력 가운데서도 부조리한 코미디 요소를 발견한다는 의미에서 팝계의 타란티노 영화 같다"고 말했다.

'벨리에이크'로 빌리의 경력은 새로운 국면에 접어들었다. 이따금 라이브 무대에 서기도 하고, 피니어스를 비롯한 여러 작곡가와 곡 작업을 하는 동시에 보통 10대의 삶을 유지하기는 쉽지 않았다. 여러모로 삶에 변화가 필요한 시점이었다. 변화는 한 페스티벌에서 시작됐다. 몇 년 후에 빌리는 세계에서 가장 큰 무대에 출몰하는 페스티벌의 거물로 거듭나는데, 그 출발점은 2017년 3월 초에 샌디에고에서 열린 CRSSD 페스티벌이었다. 언더그라운드 일렉트로닉 음악이 주를 이룰 이루는 이 페스티벌은 빌리의 성향과 잘 맞았다. 이때 빌리는 분홍색 스리피스 의상에, 낡은 검은색 뷔스티에를 셔츠 위에 입어 포인트를 살렸다. 첫날 낮이어서 10명이 채 안 되는 관객만이 잔디밭에 앉아 빌리의 무대를 감상했다. 그런데 그중 두 명이 '오션 아이즈'의 후렴구를 따라 불렀다. 그런 광경을 처음 본 빌리는 수많은 관중이 자신의 노래를 따라부르면 어떤 기분일지 불현듯 궁금해졌다.

CRSSD 페스티벌은 더 큰 페스티벌의 전초전으로서 좋은 경험이었다. 텍사스주 오스틴에서 열리는 음악, 영화, 예술 축제인 SXSW는 1987년부터 꾸준히 규모가 커져 수백 명의 아티스트가 참여하는 행사가 됐다. 2017년에는 라나 델 레이, 위저, 우탱클랜이 헤드라인을 장식했고, 빌리 아일리시라는 이름은 출연자 명단에서 한참 아래쪽에 있었다. 음악 업계 관계자들 앞에서 노래하고 기자들을 만나고, 나아가 새로운 팬들을 만나기에 더할 나위 없이 좋은 기회였다. 빌리는 페스티벌에 참여하는 이틀 동안 최대한 여러 차례 무대에 섰다. 애플 뮤직의 쇼케이스에도 참여했는데, 거기에서 빌리는 케이트 내시, 클로이 모레츠, 브리짓 멘들러와 사진을 찍었다. 또 한 가지 주목할 만한 사건은 빌리가 빈스 스테이플의 메인 무대를 보러 가는 관객들을 대상으로 라조나로사라는 공연장의 야외 식당에서 노래했다는 점이다. "상태가 별로 안 좋았어요." 페스티벌 인터뷰에서 빌리가 말했다. "그냥 미친 듯이 몸을 움직여서 털어내야겠다 생각했죠. 그래서 그렇게 했어요." 그로부터 얼마 후, 빌리는 빈스와 사뭇 다른 관계로 다시 만나게 된다.

3월이 가기 전 또 한 번의 기회가 찾아왔다. 당시 넷플릭스는 제이 애셔의 베스트셀러 소설을 바탕으로 한 TV 시리즈물 〈루머의 루머의 루머〉를 출시했다. 어두운 청소년기의 이야기를 다루는 이 드라마는 나오자마자 크게 히트했고, 특히 청소년 관객층의 마음을 사로잡았다. 셀레나 고메즈(프로듀서를 겸임), 더 큐어뿐만 아니라 로드 휴런, 재패니즈 하우스 같은 신인들이 참여한 강렬하고 여운을 안기는 사운드트랙 또한 드라마의 성공에 한몫했다. 온라인 게시판은 사운드트랙에 참여한 한 아티스트가 누구인지를 묻는 시청자들의 질문으로 도배가 되다시피 했다. 질문에 대한 대부분의 답은 '보어드Bored'라는 트랙을 부른, 아직 인지도가 높지 않은 빌리 아일리시라는 신인이었다.

사운드트랙은 드라마와 동시에 출시됐다. '보어드'는 뱅크스, 할시와 협업한 경력이 있는 실력파 듀오인 애런 포브스와 팀 앤더슨이 작곡했다(피니어스가 부분적으로 아이디어를 제공). '보어드'의 가사는 배려심 없는 연인에게 씁쓸하게 자기주장을 전달하는 내용이다. 여백이 느껴지는 신시사이저 반주는 빌리에게 완벽하게 들어맞는다. 이전 곡에서와 마찬가지로 무심하게 속삭이듯 전달하는 가사에서 깊은 정서가 느껴진다.

10대의 빌리

Billie the teenager

2015년 데뷔 이후 인터뷰와 기사에서 가장 자주 언급되는 빌리 아일리시의 키워드는 무엇일까? 목소리? 음악? 가사? 의상? 그런 것들도 언급되긴 했지만, 무엇보다 10대라는 점이 가장 많이 언급됐다. "CD를 사본 경험이 없다", "빌 클린턴과 힐러리 클린턴이 남매인 줄 알았다", "밴 헤일런이 누군지 모른다" 등, 빌리의 어록은 잊을 만하면 언급되곤 한다.

지난 몇 년 동안 빌리는 계속해서 "나이가 어린 건 어떤 기분인가요?"라는 질문을 받아왔다. "열다섯 살이라는 건 어떤 기분인가요?" "몰라요." 2017년 하퍼스 바자와의 인터뷰에서 빌리가 대답했다. "그냥 내가 지금 느끼는 기분이겠죠. 지금보다 더 나이 먹어 본 적이 없으니까. 숫자만 바꿔서 같은 질문을 계속해도 내가 하는 대답은 똑같을 거예요." 분명한 건 빌리가 자신의 적은 나이 때문에 양해를 구해야 할 필요성을 느낀 적은 없다는 점이다. 10대로서 빌리가 겪은 인생 경험은 여느 사람들과 다를 바 없이 그 자체로 타당성을 띤다. '오션 아이즈'가 처음 인기를 끌었을 때 가수의 나이가 14살인 것을 아는 사람은 많지 않았다. 곡은 그 자체로서 가치를 인정받아 알려졌다. 어쩌면 빌리는 앞으로도 영원히 나이와 상관없이 자신의 음악과 예술 세계가 인정받기를 원할지도 모른다.

하지만 자신의 세대를 대변하기를 강요받을 땐 자기 의견을 밝히는 편이다. 사랑이나 배신에 관한 가사를 쓰는 것에 관해서는 '나이가 적은 사람들도 이런 걸 경험한다. 때로는 어른보다 강렬한 경험일 수도 있다'라고 말했다. "나이가 적으면 모든 걸 처음 접하고 경험하는데, 대중은 그것이 갖는 힘을 과소평가해요." 2019년, 뉴 뮤지컬 익스프레스와의 인터뷰이다. "우린 외면당해요. 짜증이 나죠. 알 거 다 아는데."

빌리가 자신만의 세계에 관한 곡을 쓰면, 전 세계 수백만의 청소년들이 그 음악을 공유한다. 끝나버린 관계, 우울함, 환상, TV 프로그램에 관한 가사들은 그들의 공감을 자아낸다. 최초의 팬들은 주로 20대였지만(물론 지금도 20대 팬들이 많이 있다), 10대들은 삶의 일부로 빌리를 받아들였다. 빌리 또한 저스틴 비버의 포스터로 방을 도배할 정도의 팬이었고, 자신을 좋아하는 어린 팬들이 그렇듯 인스타그램과 트위터에 그때그때의 생각과 감정들을 표현했다. 빌리는 또래처럼 새로운 경험으로부터 무언가를 배우고 끊임없이 변화한다.

빌리는 자신이 청소년층의 롤 모델이라는, 마냥 편하지만은 않은 사실을 받아들인다. 특히 정신 건강의 측면에서 본인이 책임감을 느끼며, 최대한 도움이 되고 싶다고 말한다. 10대들이 빌리를 좋아하는 가장 큰 이유는 거침없이 말하는 대담함에 있다. 2019년 5월 〈엔터테인먼트 위클리〉와의 인터뷰에서는 이렇게 말했다. "사람들이 좋아하는 바로 그 사람이 돼야 하죠. 그게 X사이코라 해도 사람들이 좋아한다면야!"

TRACK #04

스타가 될 단 한 사람

빌리아일리시호는 계속해서 달렸다. 2019년 9월, 빌리는 〈엘르〉 매거진의 화보 출연 제안을 받았다. 연간 '음악계의 여자들' 호에서 다루는 '곧 스타가 될 19명의 여자'에 선정된 것이다. 아메리칸어패럴 모델에서 가수가 된 케이시 힐이 함께 촬영했다. 빌리는 1,500달러짜리 은색 파코라반 후드 재킷에 1만 1,000달러짜리 티파니 목걸이를 하고는, 카니예 웨스트의 레이블과 계약한 주근깨 많은 힐을 뒤에서 감싸 안으며 포즈를 취했다. 둘 중 누가 더 힙합 영향을 많이 받았을 것 같냐고 물으면 대부분은 스텔라 매카트니 체크 재킷을 입은 케이시 힐이 아닌, 목걸이를 치렁치렁

건 빌리를 지목할 것이다.

한편 빌리와 피니어스는 스튜디오에서 밀린 편곡과 녹음 작업을 하느라 쉴 틈이 없었다. 피니어스는 트위터에 '오늘 스튜디오에서 최고의 보컬을 들려준 내 동생@billieeilish'라고 올렸다. 이후 피니어스는 그날 빌리가 부른 게 '마이 보이'의 1절이었다고 말했다. 남매가 작업에 몰두하는 동안, 작곡 및 프로듀서 듀오인 마리안 힐은 '벨리에이크'의 파격적인 리믹스 버전을 선보였다. 빌리의 보컬은 그대로 둔 채 어쿠스틱 기타 소리를 들어내고 묵직한 저음이 특징적인 신시사이저를 도입해 극적인 요소와 사악한 느낌을 더한 버전이다. 이 리믹스 버전으로 빌리는 마리안 힐의 적지 않은 팬층에 소개됐고, 이 트랙은 스포티파이의 뉴 뮤직 프라이데이와 팝리믹스 플레이리스트에서 3,000만 팔로워를 얻는 결과를 낳았다.

플래툰, 다크룸, 인터스코프가 빌리의 육성 전략으로 내세운 카드는 정확히 계획대로 진행되는 중이었다. 싱글, 리믹스, 라이브 공연, 인터뷰가 조금씩 누적되어 이제 어느 정도 탄탄한 경력을 갖게 된 것이다. '벨리에이크'의 발매 이후 페이스북에서 3만 1,000명의 팬을 갖게 됐는데, 이는 지난 3개월 동안 모인 팬의 세 배에 달하는 숫자였다. 〈루머의 루머의 루머〉의 방영과 함께 인스타그램과 스포티파이에서도 팔로워 수가 그와 비슷하게 늘어났다. 어떤 의미에서 이 15살짜리 신예의 출현은 팝계에 새로운 유형을 제시했다고 볼 수 있다. 어린 나이라고는 믿기지 않는 놀라운 작사 능력, 감정이 고스란히 실린 공연, 유머 감각과 성실함으로 빌리는 개성 있고 다채로우며 눈에 띄는 이미지를 구축하고 있었다. 인터뷰에서 빌리는 10대로서의 정체성을 유지한 채 매력과 총명함을 드러냈다. 만약에 〈엘르〉가 다룬 내용이 곧 스타가 될 단 한 명의 여자였다면, 그건 두말할 나위 없이 빌리 아일리시였을 것이다.

Billie writes about her own world,
but it is one she shares with millions of teenagers
around the world.

5장

자유를 연료로 전진하다

TRACK #01

시공을 초월한 사다리에 올라

2017년 6월 24일, 빌리는 페이스북에 "EP 작업 마쳤다"라는 말을 남겼다. 홀가분했을 것이다. 지난 1년 동안 했던 대부분의 인터뷰에서 빌리는 빨리 신곡을 내고 싶다고 말했었다. 그렇게 해서 EP 앨범에 실린 곡들은 1년에서 1년 반 전에 쓰인 것으로, 긴 과정을 거친 뒤 세상에 나왔다. 빌리는 음반사가 유명 작곡가, 프로듀서들과 협업하게 하느라 시간을 낭비했다고 불만을 표했다. "다들 80살 정도예요!" 빌리는 자신의 주장을 피력하느라 과장해서 말했다.

이 '80살'짜리 전문가들이 초유의 히트곡들을 만든 것은 사실이지만, 피니어스와 빌리는 그 누구의 도움 없이도 '오션 아이즈'를 만들었다. 머지않아 빌리는 눈치껏 이들의 제안을 거절해야 하는 상황에 불만을 느꼈다. 자신의 아이디어대로 시도해보자며 정중하게 설득하기도 했다. 빌리는 한결 수월하고 열려있는 피니어스와의 작업이 그리웠다. 남매끼리 작업할 때는 그저 각자의 의견을 내놓으면 됐었다. 결국 음반사는 스튜디오에 빌리와 피니어스 둘이 작업하도록 남겨두었지만, 여전히 무언가가 어색했다. 오직 방구석 스튜디오에서 작업할 때만 음반 작업에 진전이 있었다.

음반사 임원진은 빌리가 아직 나이는 어리지만, 자신이 원하는 바를 정확히 아는 예술가임을 빠르게 이해했다. 자신의 곡이 어떻게 들리기를 원하는지 알 뿐만 이니라, 어떻게 대중에게 전달하고 싶은지도 알고 있었던 것이다. 피니어스도 자신이 쓴 몇몇 곡의 전혀 다른 비전을 제시하는 동생에게 놀라곤 했다. 이러한 점은 '보어드'의 뮤직비디오에서 뚜렷하게 드러난다.

이 곡은 갈 곳을 잃은 올가미 같은 관계를 묘사한다. 다른 사람이 연출했다면 몽환적이고 우수에 찬 눈을 한 빌리가, 잘생겼으나 애절해 보이는 남자와 연기하는 모습을 영상에 담았을 것이다. 하지만 빌리는 그러지 않았다. 빌리는 하얀 공간에서 끝이 보이지 않는 사다리를 오르는 콘셉트를 제시했다. '어떠한 규칙도 적용되지 않는, 시간과 중력을 초월한 공간'이라고 빌리는 설명했다. 의상으로는 후드 집업, 디자이너 운동복, 두툼한 퍼퍼 재킷으로 구성된 밝은 파란색 상하의에 목이 올라온 나이키 운동화를 착용했다. 긴 은발 머리, 흠집 없는 피부, 삐죽 내민 입술의 빌리는 너무나도 멋져 보인다.

호기심 가득한 대중에게 빌리의 곡들을 하나씩 선보이는 전략은 새로 나온 EP 앨범에도 적용되어 음반이 출시되는 8월 초까지 일정 기간을 두고 트랙들이 하나씩 출시됐다. 제일 먼저 나온 곡은 '오션 아이즈'가 업로드되고 1주일이 지났을 무렵 피니어스가 혼자 쓴 '워치watch'였다. 이 곡은 업비트의 신시사이저 반주에 성냥 긋는 소리가 비트를 형성하며 매우 인상적인 후렴으로 이어진다. 하지만 뭐니 뭐니 해도 가장 도드라지는 건 달콤하면서도 이면에 독기와 반항심이 어려있는 빌리의 음색이다. "네가 나에게 지핀 불에 너의 차가 불타는 걸 앉아서 지켜보겠어"라고 경고할 땐 소름이 끼칠 정도다.

빌리와 투렛 증후군

Billie and Tourette syndrome

2018년, 수년에 걸친 빌리의 인터뷰 장면들을 짧게 편집해서 모아놓은 영상이 유튜브에 올라왔다. 영상 속 빌리는 눈썹을 씰룩거리고, 눈에 갑자기 힘을 주고, 목을 뒤로 빼기도 한다. 감지하기 힘든 틱 증상이라 당시에는 사람들이 눈치채지 못했을 수 있지만, 한 영상에 모아놓으면 투렛 증후군의 증상들임을 알 수 있다.

투렛 증후군이라고 하면 본의 아니게 충동적으로 욕을 하는 모습을 흔히 떠올리는데, 실제로는 이처럼 가벼운 틱 증상들이 더 흔하게 나타난다. 빌리는 어린 나이에 투렛 증후군이 있음을 알았고, 촬영할 때엔 대개 경련 현상을 억제할 수 있었다. 빌리는 자신이 이 특정 증상과 연관되는 것을 원하지 않아서 굳이 언급하지 않았다.

동영상이 화제가 되자 빌리는 인스타그램에 설명하는 글을 올렸다. 어릴 때부터 있던 증세라서 친구들과 가족은 틱 증상을 자신의 일부로 생각한다는 내용이었다. 이 증상과 관련한 애로사항을 설명한 대목은 슬프게 느껴진다. "이게 있다는 건 또 다른 고통을 불러온다"며, 틱 증상을 참고 그 순간을 넘기면 기분이 더 나빠진다고 설명했다.

빌리는 이 영상에 태연하게 대처하며 "약간 웃기다"라고 말했는데, 이를 보면 자신을 지지하는 이들을 대하는 태도가 엿보인다. 빌리는 그들의 호기심을 이해하며 최대한 솔직하게 자기 마음을 드러내려 했다.

TRACK #02

처음 꾸는 꿈 같은 코트야드 공연

EP 앨범을 완성한 빌리는 다시 라이브 무대에 설 수 있게 됐다. 헤드라인을 장식하는 건 처음이었는데, 신기하게도 장소는 하이랜드파크에서 8,000킬로미터나 떨어진 런던이었다. 공연장은 250명밖에 들어가지 못하는 코트야드 시어터였는데, 영국의 수도에 사는 호기심 넘치는 이들과 이미 팬이 되어버린 이들로 인해 표는 며칠 만에 매진됐다. 빌리는 유일한 연주자인 피니어스의 키보드와 어쿠스틱 기타 반주에 맞춰, 춤을 출 정도로 열광적인 관객을 위해 자신의 곡들을 불렀다. 공연에 자신감이 붙고 있다는 건 공공연한 사실이었지만, 그 이상으로 빌리는 관객들과 잘 소통했다. 집에서 한참 떨어진 곳의 관객들이 '오션 아이즈'를 합창하는 광경에 빌리는 아마도 크게 놀랐을 것이다. "여행 가는 걸 좋아해요. 그 여행은 꿈 같았어요. 매진까지 됐으니까요." 〈데코레이티드유스〉 매거진과의 인터뷰에서 빌리가 말했다. "살면서 그와 조금이라도 비슷한 일이 생긴 적이 없었으니까 믿어지지 않았죠." 2년 후 글래스톤베리 페스티벌 무대에서도 이때의 공연을 언급한 걸 보면 정말로 값진 경험이었음을 알 수 있다.

코트야드 공연에서 가장 사랑받은 곡 중 하나는 EP 수록곡 중 다음으로 선보이게 될 '카피캣COPYCAT'이었다. 이 곡은 빌리가 직접 쓴 곡이다. 성공 이후 자신의 스타일을 모방하는 가수들이 나타난 것은 사실이지만, 이 곡의 가사는 빌리의 모든 것을 따라 하며 짜증 나게 하는 특정 지인을 소재로 했다. '내 곡 중에 가장 솔직한 곡'이라고 빌리는 설명했다. 최소한의 비트와 뇌리에 각인되는 신시사이저 사운드로 이루어진 익숙한 스타일의 이 곡은 공연에서 굉음을 내며 록 페스티벌 느낌을 내기에 더할 나위 없이 좋지만, 빌리의 전달력과 가사 내용은 적당한 선을 그어 듣는 이를 집중하게 만든다.

TRACK #03

"그렇게 내가 되고 싶어?"

'벨리에이크'가 허구라면 '카피캣'은 개인적인 이야기이다. 빌리는 자신의 스웨그와 반항적인 태도를 냉정하고 계산된 톤으로 연출함으로써 사실성을 유지했다. 빌리는 자신을 따라하는 한 여자아이를 향해 돌직구를 날리려고 이 곡을 썼다고 한다. 통명스럽고 날카로운 프레이즈는 기발한 말장난으로 가득하며, 가사는 듣는 이를 안절부절못하게 하다가 뒤에 가서 진심 어린 사과를 하고는 곧이어 "사이크(Psych)!"(앞의 말을 뒤집는 의미의 속어. '뻥이야'와 비슷하게 쓰임 – 옮긴이)라는 가사로 반전을 준다. 이 곡은 시종일관 '나 건들지 마라'라는 메시지를 강렬하게 전하는데, 듣고 있으면 정말로 그런 생각이 싹 사라질 것만 같다.

1주일 후, 곧 출시될 EP의 다섯 번째 싱글이 출시됐다. 이 곡에서 빌리는 '카피캣'에서 보여 준 오만한 자아와는 거리감이 있는 모습을 보여준다. '아이돈워너비유애니모어idontwannabeyouanymore'의 시작 부분에는 '네가 하는 말을 네가 느꼈으면 좋겠어'라는 가사가 있다. 이 곡에서도 빌리는 재치를 발휘해 직전에 출시한 트랙인 '카피캣'의 느낌을 뒤집어 "그렇게 내가 되고 싶어? 재밌는 게 뭔지 알아? 사실 난 내가 싫어"라고 말하는 듯하다. 빌리는 인스타그램에 "내 깊은 곳 얘기를 담은 노래가 나왔다. 내 머릿속 깊은 곳을 들여다보고 싶으면 빨리 들어보길"이라고 적으며 신곡을 홍보했다.

'아이돈워너비유애니모어'의 부드러운 피아노, 현악기, 끊어지는 비트는 흡사 재즈 느낌을 연출하며, 빌리의 보컬은 침착한 동시에 금방이라도 갈라질 것 같다. 거울에 투영된 자신에 대한 회의감과 혐오를 노래하는 이 곡으로 빌리는 자신의 내적 고뇌를 이야기한다. 여러 측면에서 이 곡은 우울, 불안, 신체상 등 10대의 괴로움을 표현한 완벽한 예라고 할 수 있다. 이제 대중에게 공개된 삶을 사는 빌리에게 이런 감정들은 한층 확대되었다. "내 관점에서 나를 바라보는 노래예요. 우리는 영원히 우리 자신이라는 게

참 섬뜩해요."

일주일 후, 또 신곡이 공개됐다. '마이 보이'가 만들어진 배경은 빌리가 오빠의 방에 들어가 소리친 일화로 거슬러 올라간다. "내 남친 의심스러워(My boy's being sus)." 피니어스가 웃으면서 말했다. "그 말 가사에 써먹어야겠다." 둘은 그 자리에 앉아서 곡을 썼다. 이 곡은 듣는 이에게 여러 차례 놀라움을 선사한다. 예측 가능한 재즈곡처럼 시작하지만 갑자기 템포가 바뀌며 트립합 스타일로 바뀌는가 하면, 남자친구에게 부당한 대우를 당하는 듯한 가사로 시작하지만 '불만이면 꺼져'식의 태도로 돌변한다. 즉, 도입부의 가사로 주목을 집중시킨 뒤 "착한 여자친구를 원한다면 여기까지(If you want a good girl, then goodbye)"로 쿨하게 마무리한다.

TRACK #04

자유가 있기에 가능했던 시도

이제 꽤 많은 곡을 보유하게 된 빌리는 자신이 다양한 곡을 쓸 수 있음을 증명했다. 상상 속 이야기, 자신의 내면 깊은 곳에서 비롯된 이야기뿐만 아니라 실제 경험을 바탕으로 한 이야기도 선보인 것이다. 빌리의 친구들은 '마이 보이'의 대상이 누구인지 짐작했으며, 그 남자가 후드를 뒤집어쓰고 지퍼를 끝까지 올려 얼굴을 가린 채 노래를 들었다고 빌리에게 전해줬다. 잔인하게 공개되어버린 10대 연애의 잘못된 예일 수 있지만, 그 남자가 멋진 곡을 쓰도록 영감을 준 것만은 사실이다.

아직 주요 차트에 오르는 곡은 없었지만, 빌리의 팬층은 점점 두터워지고 있었다. 인스타그램 팔로워는 20만 명이 됐고, 청소년 영화 〈에브리싱 에브리싱〉의 사운드트랙으로 사용되기도 한 '오션 아이즈'는 스포티파이에서 1,500만 스트림을 기록했다. 인터뷰 요청이 쇄도했고 길거리에서도 알아보는 사람들이 늘어났으며 헤드라인으로 참여하는 콘서트는 미국 이곳저곳에서 매진되기도 했다. 하지만 이 시점에서는 무엇보다 데뷔 EP 앨범을 발매하는 것이 우선이었다.

15세의 빌리는 음악 업계에서 전례 없었던 수준의 창의적 권한을 지켜냈다. 직접 지은 '돈 스마일 앳 미dont smile at me'라는 독특한 타이틀, 곡 목록과 순서(이른 아침에 피니어스와 여러 차례 문자를 주고받은 뒤 결정됐다), 앨범 커버 이미지 모두 빌리가 직접 생각해냈다. 빌리는 재킷 사진 콘셉트를 음반사에 이야기했다. 노란색 배경으로 빨간색 계단형 사다리에서 포즈를 취할 것이며, 의상은 상하의 모두 빨간색에 목걸이를 치렁치렁 달겠다는 계획이었다. 음반사 측은 흔쾌히 수락했다. 빌리가 사다리 꼭대기에 매달린 사진, 부루퉁하게 사다리 아래에 앉아있는 사진 등이 촬영됐고, 인터뷰, 투어 홍보, 굿즈 제작 등 향후 6개월 동안의 음반 활동 준비가 병행됐다.

TRACK #05

너의 혈관 속을 기어다니고 싶어

앨범 타이틀은 빌리의 캐릭터를 설명해주는 역할을 했다. 빌리는 그 누구의 장난감도 아니며 그렇게 될 의향도 없었다. '돈 스마일 앳 미'라는 제목은 도발적이며 확신에 차 있다. 지난 한 해 동안 꾸준히 지켜봤던 팬들은 사진과 인터뷰를 통해 빌리의 웃는 모습을 봐왔다. 유머 감각이 뛰어나고 소리 내서 웃기를 좋아하는 게 명백하지만, 이 타이틀을 통해 빌리는 미소를 띠어야 한다는 압력에 대해(더불어 슬프거나 우울하지 않은 음악을 요구하는) 내키지 않는다는 자신의 반응을 보여준다. "미소 짓는 게 너무 싫어요." 빌리는 다수의 인터뷰에서 이렇게 말했다. "나 자신이 약하고 무력

하고 작게 느껴져요." 거리에서 자신을 보며 미소 짓는 사람들에게 억지로 미소를 보여야 할 땐 너무 화가 난다고 이야기하며 "쉬고 있는 개X 마냥 좀 슬퍼 보이는 표정을 짓고 있어도 되는 것 아니냐"고 덧붙였다.

그래도 고향에 있는 클럽 하이햇에서 열린 EP 출시 기념 파티에서는 기분이 좋아 보였다. 친구들과 팬들은 빨간색이나 노란색 옷을 입고 참석했다(빌리는 '카피캣'을 부를 때 옷 색깔별로 사람들을 나눈 다음 상대편의 춤을 따라 하라고 시켰다). 파티에 온 사람들은 공짜 사탕을 나눠 받았고, 이제는 너무나도 유명해진 빨간 사다리가 있는 포토존에서 포즈를 취하기도 했다. 빌리는 오렌지색 패딩 조끼를, 피니어스는 목 주위에 '감옥에 가기엔 너무 어려'라고 적힌 티셔츠를 입고 앨범 수록곡들을 합주했다. '마이 보이'의 가사에 등장하는 인물도 관객 중에 있었는데, 빌리는 '헨리'라는 이름을 언급하며 파티장을 가득 메운 관객들은 즐겁게 했다.

2017년 8월 11일에 출시된 '돈 스마일 앳 미'에는 여덟 곡이 수록돼 있다. 기존에 발매됐던 네 개의 싱글에 '오션 아이즈', '벨리에이크'가 추가됐다. 이때까지 녹음된 버전은 없었지만 라이브에서 공개됐었던 두 곡도 포함됐는데, 그중 하나인 '파티 페이버'는 특히나 공연에서 사랑받는 곡이다. 앨범에 실린 다른 곡들이 신시사이저가 지배하는 음울한 사운드를 내는 것과는 달리, '파티 페이버'는 빌리가 연주하는 우쿨렐레와 박수 소리 등으로 이루어진 비트로 구성돼 있다. 곡 자체는 달콤한 분위기이지만, 가사는 남자친구의 생일날 음성 메시지로 무자비하게 이별을 고하는 내용이다. '나한테 전화해도 되지만 아마 그때면 이미 차단했을 거야.' 분위기와 달리 내용은 가혹하기 짝이 없다! 또 하나의 새롭게 추가된 트랙인 '호스티지'는 사랑 노래로 앨범의 마지막을 장식한다. 빌리는 감미로운 목소리로 이 발라드 스타일의 노래를 전달한다. '파티 페이버'처럼 가혹한 면은 없지만, '너의 혈관 속을 기어다니고 싶어' 같은 가사와 상대를 '인질'로 붙잡고 싶다는 은유는 어두운 기류를 형성한다. 빌리가 보통의 노래를 쓰지 못하거나 쓰지 않는다고 생각했던 사람이라면 이 곡을 듣고 생각이 바뀔지도 모른다.

TRACK #06

날 것의 재능을 알아본 사람들

방구석에서 작곡된 곡이 사운드클라우드에 올라가면서 한 시대는 시작됐다. 그리고 18개월 후, 방구석에서 만들어진 여덟 곡이 실린 EP 앨범이 세계적인 음반사를 통해 출시되면서 그 시대는 일단락됐다. 데뷔 앨범에 실린 곡들은 스타일과 주제가 다채롭지만, 빌리 아일리시의 노래라는 점에서 개성이 뚜렷하고 쉽게 식별된다. 이 곡들은 어두운 측면이 있는 동시에 성숙한 작곡 능력이 돋보이며, 10대의 정서를 애써 숨기려 하지 않았다. 빌리는 자신이 누군가를 얼마나 사랑하는지에 관한 노래를 쓴 적이 없고 '네가 싫어'나 '넌 나 자신을 증오하게 만들어' 같은 노래만 쓴다고 농담처럼 이야기했다. '돈 스마일 앳 미'가 차트에 모습을 드러낸 건 12개월 뒤였다. 이 무렵엔 미국뿐만 아니라 영국, 캐나다, 뉴질랜드, 호주에도 탄탄한 팬층이 형성돼 있었다.

앨범 리뷰는 하나같이 위트 넘치고 잘 빚어진 가사를 칭찬했으며, 나아가 빌리의 음역대와 응용력, 피니어스와의 능숙한 하모니를 높이 평가했다. 곡들이 너무 침울하다며 '글룸 팝'이라는 꼬리표를 다는 평론가들도 있었지만, 다수는 가사와 스타일의 다양성에 주목했다. 전반적인 반응은 15세의 작곡자이자 퍼포머가 보이는 재능에 대한 감탄이었다. 그들은 앞으로 발전할 일밖에 없는, 빌리가 가진 날 것 그대로의 재능을 보았다.

She had written from her imagination,

from deep within her own soul,

and now from real-life experience.

6장

무대에서 무대로 국경을 넘어

TRACK #01

스타는 언제 스타가 아닌가?

2017년 8월, 빌리 아일리시는 자신이 스타라고 생각하지 않았다. 빌리는 평범한 것에 감사할 줄 아는, 현실에 기반을 둔 아이였다. 친한 친구들과 놀길 좋아하고, 짝사랑도 하고, 감정 기복도 있고, TV와 음악을 좋아했다. 특히 누구와 어떤 대화를 하건 시도 때도 없이 유명, 무명을 안 가리고 뮤지션 얘기를 꺼냈다. 빌리는 언제든 자기 생각을 이야기할 준비가 되어있었고, 의견을 얘기하길 주저하지 않았다. 게다가 스냅챗, 인스타그램, 트위터, 페이스북으로 소통하는 등 팬들을 개인적인 친구처럼 대했다. 이런 상태가 계속 유지되길 원했지만, 동시에 공연하길 좋아했고 자신의 노래를 최대한 많은 사람이 들어주길 원했다. 첫 EP 앨범이 발매된 시점에 빌리가 스타가 될 것은 너무나도 명백해 보였고, 머지않아 인생에 많은 변화가 일어날 것이 분명해 보였다. 하지만 화려한 조명과 환호하는 관객에게 둘러싸인 삶을 살면서도, 하이랜드파크에 사는 동네 아이 빌리의 모습을 찾아보는 건 어렵지 않았다.

그달, EP 출시로 팬들이 늘어가는 가운데 빌리는 집에서 인스타그램 라이브스트림을 했다. 리허설도 없는 날것 그대로의 방송이었지만 빌리는 기타, 우쿨렐레, 피아노를 연주하며 아름다운 노래를 들려줬다. 체코의 싱어송라이터 마르케타 이르글로바가 부른 '더 힐The Hill', 영국 가수 래버린스의 '젤러스Jealous', 스웨덴 아티스트 로빈의 '댄싱 온 마이 오운Dancing on my Own'의 커버 버전도 들려줬고, 1970년대에 전 세계적인 인기를 끈 '에레스 투Eres Tú'를 스페인어로 부르기도 했다. 이 곡들로 팬들은 다른 가수의 노래를 해석하는 능력뿐만 아니라, 감정 충만한 보컬로 곡을 쥐락펴락하는 모습도 볼 수 있었다.

시청자들은 편안한 집에서 무경계 상태로 있는 빌리를 보았다. 길고 두서없는 라이브스트림 내내 빌리는 팬들의 질문에 답해줬고, 자신의 인생에 관해서도 이야기했다. 남자에 관한 이야기나 자신의 연애사도 열어놓고 얘기했고, 메시지를 보내는 실제 친구들의 이름을 알아보기도 했으며, 브라질이나 멕시코처럼 먼 곳에서 지지를 보내는 팬들을 보며 감탄하기도 했다. 한편 삶에 검은 구름이 끼었었다고 훗날 밝힌 이 시기의 라이브스트림에서 "너무 슬퍼요"라고 말하는 장면은 보는 이의 마음을 아프게 한다.

TRACK #02

마음의 현을 건드리는 능력

라이브스트림을 통해 빌리는 미공개 자작곡을 들려줬다. 그중 팬들이 '시 스루see-through'라고 부르는 곡에서 빌리는 우쿨렐레 반주를 하며 노래한다. 실연의 아픔과 어려움을 노래한 이 발라드곡은 2년 후에야 '웬 위 올 폴 어슬립, 웨어 두 위 고?When We All Fall Asleep, Where Do We Go?' 앨범에 '8'이라는 제목으로 정식 출시됐다. 당시 빌리는 이 곡이 개인적인 실연의 아픔을 이야기하기보다는 자신이 상처 준 사람의 관점으로 썼다고 말했다.

'림보limbo', 또는 '7 데이즈7 DAYS'로 알려진 곡도 라이브스트림에서 공개된 적은 있지만 스튜디오 버전은 나오지 않고 있다. 그래서 팬들은 직접 영상을 편집해 유튜브에 올렸고, 사운드클라우드에는 커버 버전이 올라오고 있다. 이 곡에서 빌리는 피아노를 연주하며 그 어느 때보다 섬세한 보컬을 들려준다. 수명이 다 된 관계를 이야기하는 가사('우리는 깨진 유리잔. 씻겨 내려가길 기다려')는 마음에 걸린 현을 뜯듯 듣는 이의 마음을 아리게 한다. 왜 이 곡이 발매되지 않았는지는 의문으로 남아있으며, 팬들은 언젠가 스튜디오 버전이 나오길 간절히 바라고 있다.

'림보'는 첫 EP 앨범 발매 후 빌리가 오세아니아를 방문했을 당시 라이브 목록에 있던 곡이다. 초기 해외 팬들 중 가장 열성적이었던 호주와 뉴질랜드의 팬들은 '돈 스마일 앳 미'의 수록곡을 모두 듣는 호사를 누렸다. 매진 사례를 기록한 뉴질랜드의 오클랜드, 호주의 시드니와 멜번 공연에서 팬들은 모든 곡의 가사를 따라 불렀다. 심지어 '림보'까지 따라 부르는 모습에 빌리는 눈에 띌 정도로 크게 감동했다. 피니어스가 스포트라이트를 독차지하는 순간도 있었다. 공연 도중 빌리는 무대 옆쪽으로 걸어가, 이어서 오빠가 노래를 부를 거라고 말했다. 빌리가 직접 낸 아이디어였는데, 팬들이 환호해주리란 걸 이미 짐작했던 모양이다. 피니어스는 자신의 싱글인 '아임 인 러브 위드아웃 유I'm in Love Without You'를 불렀고, 당연한 결과이지만 반응은 매우 좋았다.

이 투어 당시 추가된 곡이 또 하나 있다. 공연 초반에 빌리가 우쿨렐레를 집어 들자 관객들은 '파티 페이버'를 기대하며 환호했다. 하지만 빌리가 선보인 곡은 축약된 버전의 '핫라인 블링 Hotline Bling'이었다. 원곡을 부른 드레이크와는 달리 빌리는 허스키한 목소리와 감미로운 가성을 사용했다(따라 부르는 관객 중엔 고음을 힘들어하는 이들도 많았다!). 머지않아 이 노래는 라이브의 단골 곡이 됐다.

빌리의 공연 실력은 회를 거듭할수록 늘어갔다. 본연의 모습을 무대 위로 끌고 오는 데 성공했고, 에너지 넘치는 모습, '나를 어떻게 생각하든 신경 안 써'식의 태도, 음악에 대한 열정은 팬들을 움직였다. 결코 연출된 모습이 아니었다. 노래하고 춤추고, 곡 사이에 잠시 이야기를 할 때도 팬들은 빌리가 자신을 모습을 솔직하게 보여주는 걸 느낄 수 있었다. "무대에선 최대한 신나려고 노력하고 즐겨요." 〈뉴질랜드 헤럴드〉와의 인터뷰에서 빌리가 말했다. "관중들이 모싱하며(하드코어 메탈 등 공격적 성향의 곡에 맞춰 다른 사람과 몸을 부딪쳐 가며 춤을 추는 격렬한 몸짓. - 옮긴이) 즐기게 하는 게 목표예요. 아직 내 음악이 거기까지 가진 못했고 사람들도 아직 그럴 준비는 안 됐지만, 난 그냥 모싱이 너무 좋아요. 관객 중에 하나도 안 움직이는 사람이 있는 건 싫어요."

TRACK #03

백만 뷰를 달성한 업넥스트 아티스트

미국으로 돌아온 빌리는 2주 후에 북미 투어 길에 올랐다. 인지도가 급상승하게 될 2주 동안의 일정이었다. 며칠 후 '워치watch'의 뮤직비디오가 출시됐다. 이때까지 촬영된 것 중 가장 매끄럽고 예산이 많이 들어간 뮤직비디오였다. 연출은 메간 파크가 맡았지만 많은 부분은 빌리의 상상에서 비롯됐다. 어두운 공간에 주황색 닷지 챌린저 차량(빌리가 가장 좋아하는 색과 자동차 모델이다!) 네 대가 세워져 있고, 그 위에 여자들이 앉아있다(빌리의 옷장에서 꺼낸 듯한 헐렁하고 컬러풀한 스포츠웨어 차림이다). 이제 우리에게 익숙한 빨간색 사다리가 공간 중앙에 놓여있다. 빌리가 등장해 사다리를 오르면 불편한 침묵 속에 음악이 멈추고, 여자들이 다가가 빌리를 사다리에 묶은 뒤 바닥에 휘발유를 붓는다.

빌리가 구상한 것은 여기까지였다. 그것만으로는 너무 짧아서 메간 파크가 구상한 편안한 흰옷 차림의 장면들을 배치했다고 빌리는 설명했다. 이는 마음의 상처로부터 자유로워진 새로운 빌리를 상징한다. 강렬하고, 생각을 자극하며, 시각적으로 아름다운 이 영상은 계속해서 모든 이들을 놀라게 하는 한 예술가의 또 다른 창의적 표현이었다.

팬들이 뮤직비디오에 심취해있는 사이, 애플은 빌리를 업넥스트 아티스트로 선정했다. 떠오르는 신예들을 지지하는 취지를 띠는 업넥스트 캠페인은 '모든 자원을 동원해 청중에게 음악을 소개'하는 프로그램이다. 빌리는 자신의 친구이자 가장 최근 업넥스트에 선정되어 크게 주목받은 칼리드의 행보를 따라가고 있었다. 업넥스트는 세련되게 편집한 다큐멘터리를 공개했다. 빌리의 어린 시절, 부모님과의 인터뷰, 집에서 합주하는 남매, 빌리의 인터뷰 등이 실렸다. 그와 동시에 '벨리에이크', '워치', '오션 아이즈' 라이브 연주 영상이 게시됐다. 영상은 LA 도심 야경이 보이는 실내 공간에서 고화질로 촬영됐다.

애플의 업넥스트 아티스트로 한껏 탄력을 받은 시점에 〈더 레이트 레이트 쇼 위드 제임스 코든〉에 출연해 노래할 기회가 찾아왔다. 제인 로우의 소개와 함께 빌리는 자신감 넘치는 걸음걸이로 등장했다. 노란색 오버사이즈 터틀넥 재킷과 바지 차림에 은빛 머리는 뒤로 묶었다. 어둠 속에서 연주하는 피니어스의 키보드에 맞춰 빌리는 노란색 테두리로 둘린 빛나는 상자에 앉아 '오션 아이즈'를 불렀다. 이 무대를 담은 영상은 100만 뷰를 달성했다.

TRACK #04

온 가족의 투어가 시작되다

빌리의 첫 헤드라인 투어 준비가 끝났다. 미국을 순회하고 캐나다로 가는 일정이었고, 모든 공연은 매진됐다. 공연 일정을 조율한 시기는 봄이었는데, 당시 빌리와 스태프들은 가을쯤 빌리의 인기가 어느 정도까지 올라갈지 예측하지 못했다. 팬들은 하루가 다르게 급증해서 이미 예약된 200명에서 400명을 수용하는 공연장은 너무 작게만 느껴졌다. 그중 제일 큰 공연장은 500명을 수용하는 시애틀의 룸스라는 곳인데, 이곳에서 하는 공연도 30분이 채 되기 전에 매진됐다.

한 달 이상 투어를 도는 것은 한 곳에서 이틀 연속 공연하는 것과는 다른 차원이었다. 우선 오프닝 가수를 물색해야 했는데, 빌리는 이미 염두에 둔 사람이 있었다. 빌리와 마찬가지로 LA 출신인 섯모우스는 이제 막 인지도를 키우는 중이었다. 나이지리아에서 태어나고 브루클린에서 자란 섯모우스는 프리스타일 랩으로 켄드릭 라마의 '험블Humble'을 커버해 일주일 만에 100만 뷰를 달성했다. 이 영상을 눈여겨본 빌리는 자신의 공연에서 분위기를 끌어 올려줄 이로 섯모우스를 선택했다. 투어 매니저로는 2000년대 초반부터 펑크 및 하드코어 밴드들과 투어를 다닌 브라이언 마키가 선정됐다. 브라이언의 전국적인 인맥은 이후 대형 콘서트장이나 운동경기장에서 공연하게 될 빌리에게 꼭 필요한 자원이었다.

그 외에도 밴을 운전할 기사, 무대 설치 인력, 조명 기사도 필요했다. 이때 혜성처럼 등장한 사람이 있으니, 다름 아닌 빌리의 아빠, 패트릭 오코넬이다. 연기할 기회가 많지 않았던 패트릭은 목공 기술을 활용해 바비 인형 집 만드는 정도의 일을 해본 경험이 있었는데, 온 가족이 투어를 떠나는 마당에(엄마 매기는 아직 미성년자인 빌리의 매니저를 자처) 혼자 집에 있고 싶지는 않았다. 패트릭은 조명 관련 기술을 공부해 완벽한 1인 스태프로 거듭났다. "'이런 일이 또 언제 생기겠어?'라고 생각했죠." 〈롤링스톤〉과의 인터뷰에서 빌리의 아빠가 말했다. "저도 끼고 싶었어요. 솔직히 너무 멋지잖아요." 가족은 옷과 악기를 챙겼고, 굿즈로 팔 티셔츠도 준비했다. 마치 가족 여행을 가듯 모두가 작은 밴 한 대에 탑승했다. 싸구려 호텔을 전전하고 온 가족이 방 하나를 같이 쓰는 날도 많았지만, 그래도 모험의 일부라고 생각해 다들 즐거워했다.

투어는 17일 동안 11일을 공연하는 일정이었다. LA에서 출발해 서해안을 따라 오리건을 거쳐 시애틀로 간 다음, 대륙을 가로질러 시카고로 이동한 뒤 캐나다로 넘어가 토론토에서 하루 공연을 소화하고, 이번엔 동해안을 따라 뉴욕, 케임브리지(매사추세츠주)를 거쳐 필라델피아를 찍고 워싱턴 DC에서 마치는 일정이었다. 거의 매일 무대에 오르는 것도 쉬운 일은 아니지만, 이동 자체만으로도 진이 빠질 법한 일정이었다.

TRACK #05

정신적 포옹

이제 빌리는 공식적으로 주목받기 시작했고(킴 카다시안의 스냅챗에 언급되는 걸 척도로 삼는다면), 팬들은 공연이 시작되기 몇 시간 전부터 줄을 섰다. 작은 공연장은 10대들과 음악에 대해 뭘 좀 아는 20대, 뒤에서 구경하는 부모들로 가득 찼다. 섯모우스 입장에서는 공연장을 가득 메운 관객 앞에서 공연하는 좋은 기회였다. 덕분에 빌리가 자신이 가장 좋아하는 드라마 〈오피스〉(미국판 리메이크 버전)의 주제곡이 몇 마디 흐른 후 무대에 오를 때쯤이면 관객들은 이미 한껏 달아올라 있었다.

첫 곡인 '카피캣'이 시작되면 관객들은 즉시 몸을 흔들기 시작했다(팬들은 빌리가 '사이크(Psych)!'라고 하며 손가락을 내미는 순간을 정말 좋아했다). 그 후로 한 시간 동안 빌리는 관객들의 넋을 빼놓았다. 피니어스가 키보드 앞에 서 있는 동안 빌리는 팬들에게 최대한 가까이 가려고 무대 가장자리를 활용해가며 공간을 폭넓게 활용했고, 몸을 위아래로 흔들고, 머리를 찰랑거리고, 관객에게 노래하라며 마이크를 갖다 대고, 피니어스 옆에서 막춤을 추거나 마이크 스탠드 앞에 서서 온몸을 흔드는 등 다양한 무대 제스처를 사용했다. 밀물과 썰물처럼 에너지를 쌓아 올렸다가 느린 곡으로 풀어주고 다시 끌어올리는 곡 편성에 관객은 온전히 빨려 들어갔다. 마지막 곡은 모든 관객이 잘 아는 '오션 아이즈'였고, 앙코르곡은 힘찬 버전의 '벨리에이크'였다. 이 곡들은 스튜디오 버전도 훌륭하지만, 팬들의 에너지로 한껏 고조된 라이브 공연은 전혀 다른 차원이었다. 빌리가 이렇게 작은 공연장에서 노래할 날이 많이 남지 않았음을 관객들은 알고 있었다.

멜번 공연에서 처음 선보였던 '리슨 비포 아이 고listen before i go'는 미발표곡인 '림보'를 대신해 투어 곡 목록에 올랐다. 피아노 반주에 절과 후렴으로 이루어진 직선적인 구조에서 단순함의 미가 느껴지지만, '리슨 비포 아이 고'의 가사는 자살을 생각하는 이의 유서를 암시한다. 가사와 곡의 분위기는 고통, 적막함, 절망과 자기 비난으로 가득 차 있으며, 괴로움으로 얼룩져 있다. 이 무렵 빌리가 실제로 우울증을 겪었다는 사실을 아는 사람은 이 곡을 듣는 것이 괴로울 수도 있다. 약 1년 후 토론토의 공연에서 빌리는 아직 녹음되지 않은 이 노래가 팬들을 의기소침하게 하는 대신 '정신적 포옹'이 되어주길 바란다며 자신의 감정을 공유했다.

10월 21일 필라델피아에서 또 한 곡이 처음으로 공개됐다. 마지막에서 두 번째 공연의 앙코르곡이었다. 투어가 시작되기 며칠 전 있었던 라이브스트림을 챙겨 본 열정적인 팬이라면 알고 있을 곡이었다. 방송 당시 빌리는 자신의 기분에 맞게 느린 박자로 기타를 치며 '위시 유 워 게이wish you were gay'를 불렀었는데, 혹시라도 가사가 오해의 소지를 낳을지 몰라 "어떤 의미로든 비하나 공격의 의도는 없어요. 말 그대로 그 남자애가 나를 좋아하지 않는 게 게이이기 때문이라는 실질적인 이유이길 바란다는 거예요"라고 설명했다.

여성의 권리

women's rights

빌리는 자신이 페미니스트라고 주장한 적은 없지만, 그동안의 발언과 행동을 관찰해보면 개인적인 신념의 중심에 여성의 권리에 대한 생각이 자리 잡고 있음을 알 수 있다. 가정 교육의 영향과 솔직하고 자신감 넘치는 성격으로 인해 자신이 원하는 것이 있으면 어떤 것에도 굴하지 않고 행동에 옮기는 성격의 소유자이면서, 동시에 빌리는 팝 업계에서 여성들이 발언권을 가지고, 원하는 옷을 입고, 단지 눈요깃거리가 아닌 멋지고 재미있는 사람으로 보이기 위해 힘들게 투쟁해왔음을 잘 알고 있다.

빌리는 여성 아티스트로서 새로운 기록들을 여럿 세웠다. 그래미 시상식의 '빅 4'를 모두 석권하고 일주일 만에 빌보드 탑 100에 14곡을 올린 유일한 여자 가수로 기록됐다. 2019년 12월, '빌보드 올해의 여성'으로 선정된 자리에서는 음악 산업에 종사하며 '길을 닦아준' 여성들에게 감사의 말을 전했다. 특히 아리아나 그란데, 테일러 스위프트 등을 언급하며 "과거에 여자로서 해서는 안 되는 행동을 하신 분들 덕에 제 삶은 한결 쉬워졌어요.

덕분에 하고 싶은 걸 할 수 있었고, 내가 되고 싶은 사람이 될 수 있었습니다"라고 말했다. 빌리는 개척자가 되길 원했고, 콘서트를 찾은 여자 관객들이 지금까지 남자들의 전유물이었던 모싱을 하도록 유도하는 신인 여자 아티스트 대열(프린세스 노키아, 제시 레예스, 코디 셰인을 언급했다)에 자신도 포함돼 있어서 설렌다고 말했다.

빌리는 자신이 팬들을 포함한 그 누구에게도 어떻게 생각하고 행동해야 하는지 말한 적이 없음을 확실히 밝혔다. 그렇다고 해서 자신의 견해를 밝히지 않은 것은 아니다. 2019년에 빌리는 인스타그램을 통해 애틀랜타와 조지아를 방문해 공연하고 싶지만, 낙태 금지로 여성의 권리를 제한한 그 지역 입법자들의 생각에는 반대한다고 밝혔다. 또한 레이디 가가, 아리아나 그란데를 비롯한 뮤지션들과 가족계획연맹이 주최한 생식권을 위한 캠페인을 지지했다.

어떤 이들은 빌리가 헐렁한 옷을 입는 이유가 여성에게 성적 매력을 부여하는 팝계의 관행에 반대하기 위함이라고 말한다. 하지만 빌리가 추구하는 스타일은 보다 복잡한 이유를 띠며, 의견을 주장하는 수단으로 보기는 힘들다. 그보다는 개인의 패션 센스, 정신과 신체의 편안함, 나아가 세상으로부터 자신의 일부를 감추고 싶어 하는 바람 때문이라고 할 수 있다. 헐렁한 옷을 입음으로써 대중 매체가 그리는 여가수의 이미지에 순응하기를 거부한다는 것에는 의심의 여지가 없지만, 동시에 빌리는 "노출이 있는 옷을 입고 싶어 하는 것 또한 개인의 권리이며, 그것을 비난할 생각은 조금도 없다"고 말한다.

TRACK #06

스타의 시간이 온다

이제는 유럽인들이 빌리의 놀라운 재능을 목격할 차례였다. 파리, 암스테르담, 스톡홀름, 베를린 공연은 모두 매진됐고, 마지막은 런던에서 장식했다. 빌리가 찾는 작은 공연장은 늘 관객으로 가득했으며, 공연이 끝난 뒤에도 계속해서 입소문이 돌았다. 빌리는 관객들과 진심으로 가까워졌다. 자연스레 그들의 일부가 되었고 관객도 그것을 알았다. 친밀한 분위기가 감도는 소규모 공연에서 빌리는 관객 한 명 한 명의 얼굴을 모두 파악했고, 자신을 향해 뻗은 손을 일일이 잡아줬고, 공연이 끝나고 기다리는 팬들을 일일이 만나 자신의 인스타그램 계정에 짧은 영상을 올리기도 했다. 스타처럼 굴지도 않았고 반드시 스타가 되어야겠다는 마음도 없었지만, 그런 시기가 온다면 그저 있는 그대로 받아들이겠다는 태도였다. 그리고 그 시기는 점점 다가오고 있었다.

And the audience knew it.
Billie wouldn't be playing venues
this small for much longer.

7장

드디어 빌리만의 파티가 시작되다

TRACK #01

두 시간 만에 나온 곡

"해낼 거라는 말은 그만 좀 해. 그냥 네 할 일 열심히 하고, 가서 해내." 투어 도중 트위터에 남긴 말처럼 빌리는 자신의 말을 실천에 옮겨 미친 듯이 일하고 있었다. 실제 공연, 유튜브용 공연, 예능 프로그램 출연까지 눈코 뜰 새 없는 일정이 계속됐다.

2017년 10월, 빌리와 피니어스는 유튜브 채널인 마호가니 세션에서 '카피캣'과 '파티 페이버'의 어쿠스틱 버전을 선보였다. 폐공장을 배경으로, 가시 돋친 꽉 끼는 목걸이를 착용한 빌리는 강렬한 보컬과 극적인 퍼포먼스를 선보였다. 동원된 악기는 기타와 우쿨렐레가 전부였다. 이 축약된 버전을 들어보면 빌리의 목소리가 얼마나 진실되고 아름다운지를 알 수 있다. 투어 일정으로 뉴욕에 있는 동안 빌리는 MTV의 텔레비전 방송용 프로그램인 TRL에 출연했다. 여기에서 진행자는 '누가 더 먼저 나왔을까요?'(예시: '빌리는 아이폰이 나오기 전에 태어났을까요, 후에 태어났을까요?')라는 질문을 내고, 선정된 방청객은 답을 맞출 경우 상금으로 250달러를 가져간다. 퀴즈가 끝나자 빌리는 매혹적인 목소리로 사뭇 다른 편곡의 '오션 아이즈'를 불렀다.

이러한 활동으로 EP 앨범은 계속해서 대중의 관심을 끌었고, 11월 초 '돈 스마일 앳 미'는 185위를 기록하며 미국 빌보드 200 차트에 처음으로 진입했다. 이 무렵 '비치스 브로큰 하츠bitches broken hearts'라는 곡이 사운드클라우드에서만 들어볼 수 있게 깜짝 출시됐다. 이 곡은 1년 전 에밋 핀과의 협업으로 나온 결과물이다. 핀의 곡 '페인팅 그레이스Painting Greys'는 '오션 아이즈'와 비슷한 시기에 인터넷상에서 급속도로 퍼져나갔다. 매혹적이고 개성 넘치는 일렉트로니카 사운드에 매료된 빌리는 핀과 작업하길 간절히 희망했다. 핀은 페이스북에 이렇게 적었다 "두 시간 만에 곡이 나왔다. 후반 작업, 믹싱, 마스터링 같은 건 일절 없었다. 우리는 그냥 있는 그대로 완벽하다고 생각했다."

TRACK #02

이름이 오르내린다는 것

'비치스 브로큰 하츠'는 헤어진 연인에게 고하는 소름 끼치도록 신랄한 비난의 메시지를 담고 있다. 가사 속 전 남자친구는 진심을 감춘 대가로 여자친구를 잃게 된다. 쓸쓸한 신시사이저 사운드와 비트는 남자의 깊은 중저음 목소리와 이따금 나오는 사람들의 소음 속에 메아리친다. 빌리의 진솔하면서도 힘 있는 목소리는 정서적 교착상태에서 오는 후유증을 노래한다. 부드러우면서도 감정을 드러내지 않는 보컬은 이 곡의 제목이 되는 가사뿐만 아니라 뒷부분의 "외로운 게 나랑 잘 맞는 것 같아(I guess being lonely fits me)"라는 비극적인 가사에서 절절한 감정을 드러낸다.

이 곡은 사운드클라우드에서 첫 주에만 재생수 60만 이상을 기록했다. 〈나일론〉 매거진은 "실연의 달콤씁쓸함과 새 출발을 이야기하는 최면을 거는 듯한 시"라며 칭찬을 아끼지 않았고, 영향력 있는 음악 블로그 피전스 & 플레인스는 "전자 피아노, 목소리 샘플링, 여백 있는 퍼커션이 몽롱하게 뒤섞여 있다"라고 평했다.

다음 투어 일정을 발표하기에 더할 나위 없이 좋은 시기였다. '벨리에이크'의 가사를 인용해 '웨어스 마이 마인드'라고 이름 지어진 투어는 이제 막 끝마친 투어와 비교했을 때 훨씬 야심이 느껴졌다. 2월에 시작 예정인 이 투어는 유럽 8개국에서 17일 동안 공연하는 일정이었으며, 북미 투어와 이동 거리와 기간은 같았다. 표는 30분이 채 안 돼서 매진됐다.

그해 말, 방송에서는 새해에 떠오를 신예들을 예측했는데, 많은 이들의 입에 빌리 아일리시라는 이름이 오르내렸다. 소셜 플랫폼 '베보'는 'DSCVR 2018년에 주목할 아티스트' 리스트에서 빌리를 제일 먼저 언급했다. 빌리와 피니어스는 베보에 올라갈 '마이 보이'의 특별 버전을 편곡했다. 빌리의 목소리는 더할 나위 없이 감미로우며, 넓은 실내 공간에서 추는 춤은 곡에 에너지를 불어넣는다. 이 영상에서는 특별히 피니어스가 가세해 짧은 2인 군무를 선보인다. 영국의 BBC는 평론가, 방송인, 디제이, 그 외 음악계 종사자들이 투표하는 저명한 '사운즈 오브 2018' 리스트에 빌리의 이름을 올렸다. 이 명단에 오른 가장 어린 후보였지만, 아쉽게도 탑5에는 들지 못했다. 1위는 노르웨이 가수 시그리드가 차지했다.

다수의 잡지, 블로그, 라디오 프로그램이 2018년에 주목할 가수로 빌리를 꼽았지만, 이미 많은 이들의 마음속엔 가장 좋아하는 가수로 자리 잡고 있었다. 뉴질랜드와 호주는 가장 먼저 빌리를 사랑한 비미국 국가들이었는데, 이를 입증하듯 뉴질랜드의 팝 잡지 〈쿠드망〉은 빌리를 표지 모델로 낙점해 매력 넘치는 사진을 실었다. 검은색 배경에 밝은 노란색 티셔츠를 입고, 머리를 살짝 왼쪽으로 기울인 채 찍은 사진은 빌리가 처음으로 장식하는 잡지 표지로 남았다. 은색 머리는 부분적으로 이마를 가렸고, 액세서리로는 금색 목걸이와 귀걸이를 착용했다(그중 하나는 커다란 원형 귀걸이). 창백한 입술은 미소를 띠지 않아 무표정하고 중립적으로 보였고, 진하게 강조된 눈썹 아래 강렬한 눈빛은 사진을 뚫고 나와 우리를 보고 있는 듯하다. 양쪽 눈 주위로 두껍게 들어간 빨간 라인은 마치 가면을 쓴 듯 강렬하다.

그해가 다 가기 전, 기존 팬들과 새로 유입된 팬들 모두에게 기분 좋은 소식이 있었다. 12월 14일, '&번&Burn'이라는 제목의 곡이 출시된 것이다. '워치'의 리메이크 버전인 이 트랙에는 빈스 스페이플스라는 새로운 요소가 추가됐다. 빌리가 첫 보컬 컬래버레이션 상대로 정한 이 힙합 아티스트는 2017년 여름 '빅 피시 시어리' 앨범으로 전 세계적인 히트를 기록했다. 빌리는 실험적인 랩을 하는 스페이플스의 혁신적인 면을 오랫동안 동경해왔기에 '&번'의 피처링 아티스트를 고려할 때 제일 먼저 그의 이름을 언급했다.

'워치'의 원래 제목은 '워치 & 번'[보고 배우라는 의미의 '워치 & 런(watch & learn)'의 말장난]이었는데, 스튜디오에서 전혀 다른 두 버전이 나오자 제목도 두 개로 나뉘게 됐다. '&번'은 피아노 소리가 덜 들어간 데다 독특한 효과음과 빌리의 목소리('워치'에서와는 다르게 started를 '스탈-테드'라고 특이하게 발음한다)가 인상적인, 상대적으로 침울한 느낌을 띤다. 빌리와 피니어스는 이 버전을 듣는 순간 중간에 랩을 넣으면 완벽하겠다고 느꼈고, 스테이플스의 절제된 속사포 랩은 수월하게 곡에 녹아들었다. 억지로 끼워 맞춘 느낌 없이 자연스러운 랩이 곡에 힘을 실어주면서 서로 다른 느낌의 자매 버전이 탄생했다.

이 트랙은 계속해서 늘어가는 빌리의 다채롭고 중독성 강한 곡 목록에 힘을 보탰다. 빌리는 전형적이지 않은 아티스트의 길을 택

했기 때문에, 비록 그 곡들이 엄청난 스트리밍과 다운로드 횟수를 받음에도 차트에 이름을 올리기에는 부족했다. 이렇게 계속해서 음악 업계와 관련된 이야기를 하다 보면 빌리가 아직 청소년이라는 사실을 잊기 쉽다. 2017년 12월 18일, 빌리는 16번째 생일을 맞았다. 미국에는 16세 생일에 스위트 식스틴 파티를 열어 성년이 된 것을 기념하는 경우가 많다. 한 달 전에 있었던 〈쿠드망〉과의 인터뷰에서 빌리는 늘 스위트 식스틴 파티를 열었으면 좋겠다고 생각해왔지만, 이제는 잘 모르겠다고 말했다. "친구들과의 관계에 변화가 생기는 중이거든요. 내 생일에 같이 있어 주고 싶을 정도로 나를 신경 쓰는 사람은 없는 것 같아요." 10대에 친구 관계로 어려움을 겪는 사람은 많다. 하지만 갑자기 어른들의 세계에 내던져져 집을 오래 떠나 있었던 빌리에겐 그 이상으로 힘들었을 것이다.

TRACK #03

어두운 구름이 드리워도

이제 우리는 빌리가 오랫동안 우울증을 겪었음을 알고 있다. 단지 감정 기복이 심한 정도가 아니라 불안, 신체상, 비이성적 슬픔에 관한 문제였으며, 많은 청소년이 이와 비슷한 어려움을 겪고 있다. 2019년 7월 〈롤링스톤〉과의 인터뷰에서 빌리는 처음으로 우울증이 있음을 밝혔다. 자신에게 드리운 어두운 구름이 걷혔다고 느낀 지 얼마 후의 일이었다.

이후에 있었던 인터뷰에서도 부상 때문에 춤을 못 추게 돼서 심한 우울감을 느꼈다고 말했다. 우연히도 부상은 '오션 아이즈'의 성공으로 이어졌고, 17세로서의 한 해는 거기에서 파생되어 흘러갔다. 외부인의 눈에 스타가 된 빌리의 삶은 흥미진진하게 느껴질 것이다. "행복하지도 기쁘지도 않았어요." 2020년, 미국의 방송인 게일 킹과의 인터뷰에서 빌리가 말했다. "다시는 행복해질 수 없을 거라고 생각했어요. 다시는." 빌리는 자신을 보살펴준 엄마와 공연에 대한 애정, 팬들을 만날 기회 덕분에 힘든 시기를 버틸 수 있었다고 말했다. 이 시기에 빌리의 트위터와 라이브스트림을 챙겨 본 일부 사람들은 빌리가 어려움을 겪는다는 걸 눈치챘지만, 유튜브 영상을 보거나 음악만 듣는 이들은 그러지 못했다. 이제야 모든 사정을 아는 우리는 빌리가 가장 힘들어했던 2018년의 일들을 바탕으로 극심한 우울감과 싸웠던 고충을 되짚어 볼 수 있다.

빌리의 곡 중 우울증의 흔적이 가장 많이 느껴지는 '아이돈워너비유애니모어'는 '오션 아이즈' 다음으로 가장 인기를 끈 곡이다. 새해가 밝은 지 얼마 안 되어 이 곡의 공식 뮤직비디오가 출시됐다. 16:9 비율로 제작돼 모바일 기기에서 재생하기에 최적화된 이 영상은 온통 새하얀 방을 배경으로 한다. 하얀 후드 점프슈트 차림의 빌리는 거울 속 자신을 보며 노래한다. 그게 다다. 하지만 빌리는 극적 요소와 애처로움으로 화면을 아름답게 채운다. 한편 '오션 아이즈'의 오랜 인기는 1월 말에 미국 음반 산업 협회로부터 골드 인증을 받음으로써 그 가치를 인정받았다. 이 상은 50만 유닛을 달성한 곡에 수여되는데, 한 유닛은 유료 다운로드 1회, 혹은 스트리밍 150회에 상응한다.

빌리는 레인웨이 페스티벌 출연자 명단에 이름을 올리며 2018년의 시작을 집에서 한참 떨어진 곳에서 맞이했다. 호주와 뉴질랜드에서 일련의 축제 형식으로 열리는 행사는 여러 인디 아티스트가 참여하며 남반구의 명물로 자리 잡았다. 첫 이벤트가 열리는 장소가 싱가포르였기 때문에 빌리는 처음으로 아시아에 방문하게 됐다.

앤드루 마셜

Andrew Marshall

투어를 앞두고 빌리와 피니어스는 라이브 무대에 활력과 극적 효과를 더해줄 드러머를 영입하기로 했다. 몇 차례의 오디션 후 남매는 앤드루 마셜을 발견했다. 빌리보다는 피니어스와 나이가 비슷한 뉴욕 출신의 마셜은 다수의 밴드에서 연주한 경력이 있었는데, 그것도 문어발처럼 여러 밴드를 동시에 오가며 활동했다. 그 외에도 팝 록 듀오인 엑스캅스, 인디 밴드 타이거타운과 작곡 듀오인 마리안 힐('벨리에이크'를 리믹스 했던)이 팀에 합류했다. 빌리와 피니어스는 본인들처럼 장르를 넘나들기 좋아하는 점 때문에 마셜에게 높은 점수를 줬다. 팝, 트랩, 일렉트로니카, 힙합을 소화하는 모던한 감각의 소유자인 마셜은 일반 드럼과 전자 드럼을 모두 능숙하게 다루며, 두 종류를 섞어놓은 하이브리드 키트도 연주한다.

무대에 오르기에 앞서 마셜의 임무는 피니어스가 전자 음악으로 편성한 곡들을 모두가 만족할 만한 라이브 사운드로 바꾸는 것이었다. 비트만 책임을 지는 것이 아니라 세게 문 닫는 소리나 유리잔 깨지는 소리처럼 샘플링된 사운드를 정확한 타이밍에 트는 것도 마셜의 몫이었다. 스튜디오 버전의 원곡을 그대로 모방하길 주문하는 때도 있었고, 어쿠스틱한 느낌을 주거나 춤추기 좋게 편곡을 하는 등 라이브에 맞게 변형하는 경우도 있었다. 마셜은 그때그때의 목적에 맞게 라이브 드럼 소리를 냄과 동시에 공연장에 생생한 에너지를 불어넣어야 했다.

2017년, 마셜은 싱가포르에서 남매와 처음으로 무대에 올랐고 그 투어 내내 함께했다. 외부에서 영입된 연주자임에도 마셜은 가족 같은 빌리의 투어 팀에 없어서는 안 될 존재로 거듭나, 300석 규모의 공연장에서 출발해 세계 최대 규모의 페스티벌 무대에도 함께하게 됐다.

TRACK #04

조용히 숨죽인 사람들

싱가포르 관중 앞에 선 빌리는 이렇게 자신을 보기 위해 온 팬들 앞에서 공연하는 페스티벌은 처음이라고 외쳤다. 이때 의상은 헐렁한 반팔 티셔츠와 무릎 아래까지 내려오는 반바지로 구성된 스포츠웨어였다. 퍼렐, 에이샙 같은 래퍼들이 즐겨 입는 스타일인데, 머지않아 사람들은 이를 빌리의 스타일로 인식하기 시작했다. 이날 입은 옷은 금색과 검은색이 들어가 있고, 힙합 아티스트들이 좋아하는 1990년대 브랜드 다마니 다다의 로고가 들어가 있다. 드레이크가 2013년 '노 뉴 프렌즈No New Friends' 뮤직비디오에서 입고 나와 이목을 끈 레트로 의상이기도 하다. 이전까지는 빌리의 힙합 사랑이 별로 티가 나지 않았다면, 이제는 대놓고 알리는 셈이었다.

빌리의 공연이 대부분 그랬듯, 레인웨이에서의 공연도 18세 미만은 입장이 제한됐다(미국에서는 21세를 기준으로 삼는 공연장도 많다). 어떨 땐 빌리 본인도 무대 뒤 대기실을 벗어나는 게 제한됐다. 그런데 레인웨이 페스티벌 프로그램 중 오클랜드의 튜닝포크에서 열리는 전체연령 관람가 공연 일정에서 빌리의 매니저는 가까스로 출연 기회를 얻어내는 데 성공했다. 빌리와 피니어스는 어린 관객들을 위해 각자 깜짝 무대를 준비했다.

피니어스가 먼저 무대 한가운데로 나와 신곡 '뉴 걸New Girl'을 불렀다. 다음 주에 출시될 그의 솔로곡이었다. '파티 페이버'를 부른 빌리는 무대 앞쪽에 앉아 자기와 나이가 비슷한 관객 한 명과 얼굴을 마주 봤고(수많은 관객이 핸드폰을 들고 촬영했다), 그 자리에서 '웬 더 파티스 오버when the party's over'를 처음으로 불렀다. 매니저들 외에는 아무도 들어본 적이 없는 노래였다. 피니어스의 감미로운 피아노 반주에 맞춰 빌리가 노래하자 관객들은 숨죽여 귀 기울였다. 빌리는 진정으로 팬들과 함께한 순간이라고 묘사하며, 가장 즐거웠던 공연 중 하나로 이 무대를 꼽았다.

'웬 더 파티스 오버'는 틀어져 버린 관계를 묘사한다. 피니어스는 가을 무렵 이 곡을 혼자 썼고 '파티 페이버'와 연결 지점이 생길 만한 제목을 생각해냈다. 빌리는 오빠가 곡을 들어보라며 자기 방으로 불렀을 때 무척 설렜다고 한다. 옥타브를 넘나들기 때문에 결코 부르기에 만만한 곡은 아니었다. 빌리는 자신의 성대 힘을 테스트받는 기분이었다고 회상했다.

TRACK #05

해낼 거라는 말 대신 그냥 해낸다

두 사람은 합주해본 뒤, 이 곡을 되도록 빨리 관객에게 선보이기로 했다. 이제 적절한 때를 찾는 것이 관건이었다. 페스티벌의 군중 앞에서 부르기엔 너무 섬세한 이야기를 다루는 곡이라 레인웨이 일정 내내 계속 부르지 못하고 있었는데, 오클랜드의 공연을 마친 뒤 작은 공연장을 순회할 때야 비로소 때가 찾아왔다. 관객의 반응은 더할 나위 없이 좋았다.

2월 초에 레인웨이 일정은 끝이 났고 빌리와 피니어스는 남반구의 팬들에게 작별 선물을 건넸다(유튜브 덕분에 모두가 볼 수 있게 됐다). 남매는 호주 전국에 방영되는 대안 음악 방송국인 트리

플제이를 방문해 〈라이크 어 버전〉 코너에 출연했다. 여기에 출연한 아티스트는 자신의 곡과 자신이 좋아하는 다른 사람의 노래를 부른다. 이날 두 사람은 '벨리에이크'의 어쿠스틱 버전을 들려줬다. 이번에도 자신들의 노래를 전혀 다르게 연출하는 편곡 능력을 입증했고, 나아가 다른 사람의 노래도 멋지게 편곡할 수 있음을 보여줬다. 두 사람이 선보인 마이클 잭슨의 '배드bad'는 라이브 스트림이 아닌 곳에서 빌리가 최초로 노래한 커버 곡이었다. 남매는 팝 역사상 손꼽히는 걸작을 느리고, 부드럽고, 진심이 느껴지는 빌리 아일리시표 노래로 바꾸어 놓았다.

2018년이 된 지 6주밖에 안 됐는데, 빌리는 그사이에 콘서트를 무사히 마쳤고 앞으로 자신의 대표곡들이 될 노래들을 출시했다. 그렇다고 해서 쉬어갈 수 있는 건 아니었다. 아직 3개월 더 투어를 돌아야 했다. 트위터에 쓴 자신의 글처럼 그냥 할 일을 열심히 하고, 가서 해내야만 했다!

Among all this music-business talk
it is easy to forget that
she was still a child.

8장

알 만한 사람은 아는 한 사람

TRACK #03

오,
불쌍한 헨리

2018년 밸런타인데이에 빌리는 런던의 유명 클럽인 헤븐스에서 공연하고 있었다. 날이 날이니만큼 빌리는 관객에게 로맨틱한 이야기를 전했다. 2년 전 밸런타인데이 전날 자기가 데이트를 했었다는 얘기였다. 그날 빌리는 어떤 남자아이와 지루한 영화를 보고 지붕 위에 앉아서 별을 봤다. 귀를 쫑긋 세우고 듣는 관객들에게 빌리는 바로 그 순간 자신이 첫 키스를 했다고 이야기했다. 그런데 말하는 사람이 빌리인 이상 여기에서 이야기가 끝날 리 없다. 빌리는 인상을 찌푸리며 "생각했던 것만큼 마법 같진 않네"라고 그 남자아이가 말했음을 밝혔다. 그 말을 마치자마자 '두둥' 소리와 함께 '마이 보이'의 첫 소절이 시작됐다.

이 이야기는 투어가 진행되는 내내 파리, 밀라노, 스톡홀름, 암스테르담, 브뤼셀, 베를린, 쾰른, 오슬로를 거쳐 LA로 돌아와서까지 되풀이됐다. 이때 거의 일주일을 쉴 기회가 있었지만 빌리는 플로리다에서 열리는 오키초비 음악 및 예술 축제 측의 청을 거절하지 못하고 다시 짐을 꾸렸다. 새로운 투어 동선대로 빌리의 일행은 고향인 LA에서 하루 공연을 한 뒤 샌프란시스코의 명소 그레이트 아메리칸 뮤직홀로 이동했다. 한 팬이 '첫 키스 일화'를 전하는 빌리의 모습을 찍은 곳이 바로 이 공연장이다. 1년 후에 유튜브에 올라온 이 영상에는 대사가 추가됐다. 영상에서 빌리는 이 곡 '마이 보이'를 헨리에게 헌정한다고 콕 집어서 말한다(심지어 성까지 언급한다). 이 책을 앞에서부터 정독한 독자들은 불쌍한 헨리를 기억할 것이다. LA의 친구들 앞에서 망신을 당한 것도 모자라 이제는 분노에 찬 수백 명의 팬을 감당해야 했다. 팬들은 자신들의 우상을 홀대한 헨리의 SNS를 찾아가 댓글로 도배했다.

2018년 북미 '웨어스 마이 마인드' 투어 포스터에는 녹색 옷을 여러 벌 껴입고 물결처럼 늘어진 녹색 천 사이에 어색하게 서 있는 빌리의 사진이 실렸다. '돈 스마일 앳 미' 투어 때보다 더 많은 도시와 큰 공연장(이번엔 700명을 수용하는 술집, 클럽, 공연장을 순회했다) 이름이 나열돼 있었다. 이번에도 한 시간이 채 되기 전에 모든 표가 팔려나갔다. 빌리의 팀은 매력적이고 역동적인 공연을 이어나가기 위해 더 노력했다. 앤드루 마셜은 이제 정식 라이브 드럼 주자로 채용됐고, 자동화된 조명 시스템이 새롭게 도입됐다. 하얀 스크린 가장자리에 전구가 수 놓인 이 기기는 음향 믹싱 소프트웨어와 연동이 가능하다.

오프닝 무대를 맡은 얼터너티브 힙합 아티스트 리오 크레이건은 인지도가 높진 않았지만, 최근 발매되어 성공을 거둔 '그로잉 페인즈Growing Pains'로 일부 관객들에겐 어느 정도 알려져 있었다. 크레이건이 지닌 긍정적인 에너지와 더불어 투어 디제이 케이로와 주고받는 농담은 관객들의 흥을 한껏 끌어올렸다. 분위기가 폭발 직전까지 올라가면 흰색 멜빵바지를 입은 남자 두 명이 총(장난감)을 들고 무대로 뛰어나온다. 빌리 아일리시의 이름이 들어간 두건으로 얼굴을 가린 두 사람이 관객을 향해 총을 쏘면 총알 대신 빌리의 얼굴이 들어간 10억 달러짜리 지폐가 쏟아져 나온다. 두 남자가(이 시점에 관객은 두 사람이 피니어스와 앤드루임을 알아챈다) 각자 키보드와 드럼으로 가서 자리 잡으면 조명이 바뀌고 비로소 빌리가 등장한다.

이 투어를 위해 빌리는 짙은 회색으로 머리를 염색했고 힙합 영향이 물씬 풍기는 의상을 준비했다. 주로 후드 티에 비니 모자, 목에는 금색 체인을 둘렀고 패턴이 들어간 오버사이즈 정장을 입기도 했다. 빌리는 어느새 라이브 무대에서 초자연적 힘을 발휘하는 존재가 되어있었다. 광적으로 무대를 뛰어다니다가 쭈그리고 앉아 관객과 눈을 맞추기도 했다. 공연 후반부로 갈수록 모싱피트(주로 무대 가까이에서 격렬하게 모싱을 하도록 원형으로 비어있는 구역 – 옮긴이)를 형성하도록 유도하고, 심지어 관객들에게 몸을 던지기도 했다(함께 춤을 추고 절대 깔아뭉개지 않겠다는 약속을 받아낸 뒤에 뛰어내렸다). 발라드를 부를 땐 마이크 앞에 서 있었지만, 우아한 몸짓과 팔과 손을 이용한 간소한 춤 동작으로 관객의 시선을 사로잡았다.

TRACK #02

이 순간,
몸을 던질 수 있는 이유

가장 눈에 띄는 점은 팬들과의 끈을 유지하는 빌리만의 방식이었다. 관객들에게 "여러분이 저에게 얼마나 큰 의미인지"를 반복해서 말하는가 하면, 자신을 향해 뻗은 손들을 잡아주기도 했다. 공연 도중에 이야기할 때는 일반 대중을 상대로 발언할 때처럼 '네가 어떻게 생각하든 신경 안 써'식의 센 화법은 찾아볼 수 없었다. 대신 착하고 자기를 낮출 줄 아는, 친구들에게 둘러싸인 10대의 모습으로 존재했다. 어쩌면 가장 강렬한 순간은 '웬 더 파티스 오버'를 부를 때 일어났다. 빌리는 관객들에게 "지금 핸드폰으로 촬영을 하고 있더라도 저와 직접 관계를 맺고, 이 순간을 공유하고,

단단한 유대감을 느껴봐요"라고 말했다.

이 시기에 빌리의 라이브 무대를 본 사람은 정말로 자랑스러워 할 만하다. 앞으로 빌리가 그처럼 끈끈한 유대감이 형성되는 작은 공연장에서 노래하며 팬들과 직접 소통하는 일은 아마도 없을 것이다. 매회 공연이 끝나면 빌리는 대기실로 돌아가 물 한 병을 마신 뒤 다시 나가 자신을 기다리는 관객들과 이야기를 나눴다. 모든 이들과 만나기 위해 서너 시간씩 남아있는 날도 있었다.

오스틴에서 열리는 SXSW 페스티벌에 5일을 머물며 투어 일정은 잠시 휴식기를 맞았다. 지난해에 빌리는 자신을 잘 모르는 관객 앞에서 노래했었다. 올해에는 5개의 공연장을 순회하는 일정이 잡혀있었다. 그중에서도 SXSW의 장로교회에서 했던 공연이 최고로 꼽힌다. 그날 자정에 특별 어쿠스틱 공연을 펼친 빌리와 피니어스는 만장일치로 페스티벌 최고 인기 아티스트에 선정됐다. 1년 사이에 일어난 실로 엄청난 변화였다.

표를 구하지 못한 이들은 뉴욕에 도착한 빌리가 최고의 인기를 자랑하는 TV 프로그램인 〈지미 팰런의 투나잇 쇼〉에 출연한 것을 보며 공연장 분위기를 상상해 볼 수 있었다. 노란 조명이 가득한 무대에 빌리는 임란 포테이토의 구찌를 패러디한 갈색 반바지와 후드 티셔츠 세트를 입고 나왔다(거기에 양말까지 맞춰 신었다!).

앤드루와 피니어스가 투어 당시 흰 멜빵바지 차림에 반다나로 얼굴을 가리고 나왔을 때 입었던 의상이다. 빌리는 춤을 추고, 방방 뛰고, 비틀거리고 입을 삐죽 내밀기도 하면서 무대를 종횡무진 누볐다. 심지어 TV로 지켜보는 팬들을 위해 무대 앞에서 무릎을 꿇고 노래하기도 했다.

래퍼처럼 옷을 입고 나와 록스타의 존재감을 뽐내며 디바처럼 노래하는 이 어린 여가수를 보고 혼란을 느끼는 시청자들도 있었겠지만, 많은 이들은 빌리의 본질을 알아봤다. 커버 룸(지미 팰런의 쇼에 부속된 웹사이트 코너로 출연 가수는 자신이 가장 좋아하는 곡을 선정해 노래를 녹음한다)에 나온 빌리는 강렬한 어쿠스틱 보사노바 버전으로 편곡한 스트록스의 '콜 미 백Call Me Back'을 불렀다. 피니어스의 화음이 돋보인 이 편곡으로 남매는 다른 뮤지션의 곡을 재해석하고 특별 요소를 더하는 탁월한 능력을 또 한 차례 증명했다.

4월 말에 투어는 끝이 났고, 사진작가 겸 비디오 아티스트인 깁슨 해저드는 짧은 영상을 제작해 이를 기념했다. 투나잇 쇼의 출연이 빌리의 인기를 말해주는 척도였다면, 깁슨 해저드의 투어 영상은 힙합계에서 빌리의 입지를 높여줬다. 당시 22세였던 해저드는 획기적인 편집 기술을 앞세워 드레이크, 위즈 칼리파, 퓨처의 초현실적인 투어 영상으로 명성을 얻었다. '웨어스 마이 마인드' 투어 영상도 예외는 아니었다. 흡사 수백만 달러짜리 영화의 예고편처럼 보이는 이 짧은 영상은 콘서트 장면에 3D 효과와 CG를 입혔고, 거기에 빌리의 노래들에 왜곡 효과를 입혀 배경으로 썼다. 영상 속 빌리는 10억 달러짜리 지폐가 떨어지는 가운데 서 있다가 공포영화의 한 장면처럼 불타는 고층 건물에서 뛰어내린 뒤, 공동묘지를 거쳐 무대에 올라 열광하는 팬들 앞에 선다. 이런 식의 영화 한 편이 있었으면 하는 아쉬움이 드는 영상이다.

빌리는 비건

Billie the vegan

2019년에 빌리는 전 세계로 퍼진 '고기 없는 월요일' 캠페인을 지지하는 글을 인스타그램에 올렸다. "평생 베지테리언이었고 비건이 된 지는 5년 됐어요. 함께 지구를 지켜요. 나도 노력할게요." 빌리는 고기가 어떤 맛인지 경험해보지 못했을 뿐만 아니라 먹고 싶은 욕구도 없다고 하며(실수로 두유에 빠진 개미를 삼킨 적은 있다고 고백했다), 12살에 자발적으로 비건이 된 이후 오늘날까지 자신과의 약속을 지키고 있다.

정작 빌리 본인은 비건에 관 얘기를 잘 꺼내지 않지만, 인터뷰하는 이들은 이따금 그 주제를 언급하길 좋아한다. 비건이 된 이유는 여러 가지가 있는데, 가장 큰 이유는 동물을 사랑하기 때문이다. "동물로 무언가를 만들어 내는 건 의미 없는 행동 같아요. 이미 동물이 거기에 있잖아요." 텀블러의 질문에 빌리는 자신의 논리를 설명하며 "동물들을 괴롭히지 마요"라는 말로 마무리했다. 2019년에는 노동자들이 갓 태어난 송아지를 학대하는 영상을 공유하며 '이걸 보고도 자신이 학대에 일조한다고 느끼지 않는 사람은 참 딱하다'라는 글을 남겨 동물보호와 관련해 목소리를 내기도 했다.

그렇다고 해서 빌리가 먹는 것 자체를 싫어하는 것은 아니다. 엄마가 만든 그레이비 소스를 곁들인 으깬 감자를 생각하면 침이 고인다고 한다. 아보카도를 좋아하고(제철일 때만), 커피 취향은 솔티드 캐러멜 프라푸치노이고(우유 대신 두유, 캐러멜은 많이) 시간이 있으면 집에 있는 부엌에서 땅콩버터 쿠키를 만들길 좋아하며, 제일 좋아하는 음식은 뭐니해도 부리토라고 한다. "콩만 들어간 부리토 18개 주세요." 2019년에 올라온 인스타그램 영상 속 빌리가 타코벨 드라이브스루에서 한 말이다(알고 보니 파티 음식을 준비 중이었다고 한다!).

데뷔 초에 투어를 다닐 땐 예산이 적은 데다 비건 식당을 찾는 게 쉽지 않아 애를 먹었고, 특히 유럽에서는 더더욱 힘들었다고 한다. 물론 요즘은 어디를 가든 좋은 음식을 먹을 수 있다. 우버이츠는 협업하에 미국 전역에서 빌리가 좋아하는 비건 식당을 안내하는 지도를 만들어 홍보했다. 오스틴에 있는 일렉트리파이드 와일드 블루베리 팬케익, 마이애미의 러브라이프 샐러드('인스타그램에 올리기에 최적화된 곳'), 캐슈넛으로 만든 치즈 소스와 표고로 만든 베이컨을 사용하는 뉴욕의 구악 버거스 등이 이 안내서에 포함됐다. 빌리는 양질의 비건 음식을 구하지 못하는 상황이면 그냥 과자를 먹으라고 조언했다.

TRACK #03

입고 싶은 대로 입고 느끼는 대로 말하기

투어 도중 '비치스 브로큰 하츠'가 싱글로 재발매됐다. 하지만 신곡이 나올 조짐은 좀처럼 보이지 않았다. 그러던 2018년 4월 19일, 투어가 끝나고 불과 2주 후 빌리는 트위터에 "@thegreatkhalid와 러블리"라고 남겼다. 떠오르는 신예 칼리드와 듀엣으로 부른 '러블리'의 출시를 소소하게 자축하는 글이었다. 단지 재능있는 두 신인을 어설프게 엮어 녹음한 곡이라고 생각하면 큰 오산이다. 그보다는 친구들이 만나 함께 곡을 쓴 것에 가깝다고 할 수 있다.

두 사람은 공통점이 많다. 칼리드는 힙합 영향을 받은 일렉트로닉 알앤비 곡 '로케이션Location'으로 이름을 알렸는데, 이 곡은 빌리의 '오션 아이즈'와 비슷한 시기에 대중에게 알려졌다. 빌리는 친구가 들려줘서 '로케이션'을 알게 됐는데, 아직 주요 뮤직 스토어에는 풀리기 전이었다(나중에는 핫 100 차트에서 17위를 기록했다). 노력 끝에 사운드클라우드에서 이 곡을 찾아낸 빌리는 칼리드가 이미 트위터에서 자신을 팔로우하고 있다는 사실에 깜짝 놀랐다. 빌리는 바로 연락했고 둘은 금세 친해졌다. 2016년 LA에서 있었던 빌리의 초창기 공연에 칼리드가 방문하며 첫 만남이 이뤄졌다. 칼리드는 전형적인 10대와는 달리 남들의 시선 따위 신경 쓰지 않는 빌리의 태도를 동경했다. 빌리는 자기가 입고 싶은 대로 입었고 느끼는 대로 말했다. 당시 두 사람은 자신들의 곡이 성공하리라는 걸 몰랐지만, 대번에 서로의 스타성을 알아봤다.

사실 두 친구는 함께 녹음할 계획이 없었다. "칼리드가 찾아왔어요. 피니어스랑 셋이 우리 집에서 놀았죠." 제인 로우가 진행하는 라디오 프로그램인 비츠 1에서 빌리가 말했다. "그냥 친구 사이였는데 어쩌다 보니 같이 곡을 쓰게 됐어요." 세 사람은 피니어스의 방에서 재미로 이런저런 아이디어를 이야기했다. 그러다가 빌리가 멜로디를 흥얼거렸고, 함께 부르다 보니 그걸 바탕으로 뭔가를 만들어야겠다는 생각이 들었다고 한다.

세 사람은 자신들에게 의미를 지니는 가사로 살을 붙여나갔다.

우울증을 극복하려고 하지만 실패하는 내용이었다. 이 시기에 빌리가 자주 경험하는 감정이었는데, 그와 비슷한 어려움을 겪고 있던 칼리드도 공감했다. 12월에 칼리드는 "지금 기분이 썩 좋지 않고 극도로 불안하다"라고 트위터에 남겼다. 이 곡은 나약함을 느끼고 고통과 좌절에 시달리지만 "사랑스럽지 않니", "집에 온 걸 환영해"와 같은 가사를 통해 반대로 표현하고 있다.

곡에 마법을 부여하는 건 피니어스의 몫이었다. 그로부터 수개월 동안 피니어스는 그날 만든 보컬과 피아노 트랙을 토대로 여러 겹의 보컬을 쌓고, 부드러운 퍼커션을 입히는 등 살을 붙여나갔다. 무엇보다도 이 곡의 분위기를 형성하는 건 가슴을 후벼 파는 바이올린 소리일 것이다. 이 부분은 팝 히트곡을 바이올린으로 커버해 유튜브 스타가 된 매디슨 라인스터가 연주했다. "이런 현악 소리는 가짜 소리로 대체할 수가 없죠." 명연주자 라인스터의 인스타그램에 피니어스가 남긴 말이다.

빌리로서는 또 한 걸음 나아갈 수 있는 계기였다. '&번'에서 빈스 스테이플의 역할이 단지 랩 파트를 채우는 것이었다면, 이 곡은 진정한 의미의 듀엣곡이라 할 수 있다. 칼리드는 떠오르는 신예였고 경력 면에서도 빌리보다 앞서 있었다. 탑 20에 오른 곡이 이미 세 곡이나 있었고, 래퍼 로직과 함께 히트곡을 만든 경험도 있었다. 그의 앨범 '아메리칸 틴American Teen'은 빌보드 200에서 탑 20에도 들었었다(빌리의 '돈 스마일 앳 미'는 144위), '러블리Lovely'는 5월에 드라마 〈루머의 루머의 루머〉 시즌 2의 13번째 에피소드에 삽입되며 한껏 탄력을 받았고, 탑 5 앨범에 든 래퍼 주스월드의 '굿 바이 & 굿 리던스Goodbye & Good Riddance'에 샘플링되어 더욱 알려졌다.

그 무렵 '러블리'의 뮤직비디오는 유튜브에서 조회 수가 빠르게 늘고 있었다. 곡이 출시된 지 일주일 후에 올라온 이 영상은 새터데이즈, 니키 미나즈의 뮤직비디오를 만든 테일러 코언이 연출을 맡았다. 칼리드와 빌리가 유리 상자 안에 있다가, 물과 얼음에 갇히는 큰 뼈대는 빌리가 직접 구상했다. 천천히 걷는 안무는 누군가와 함께 있어도 느끼는 극심한 외로움을 잘 보여준다. 두 가수 모두 검은 의상을 입었다. 칼리드는 은색 목걸이 여러 개를 착용했는데 빌리는 보다 다양한 길이와 무게의 목걸이를 과할 정도로 많이 걸었다. 뉴질랜드의 잡지 〈스니퍼〉와의 인터뷰에서 빌리는 목걸이가 너무 많아서 힘들었던 걸 회상했다. "화장실에 가려고 하면 사람들이 괜찮냐고 물어볼 정도였어요. 목걸이가 한쪽으로 치우치면 무게 때문에 몸이 딸려갈 정도였으니까요. 목에 건 정도가 아니라 팔에도 걸리고 발에도 치이고, 그냥 온몸이 목걸이에 칭칭 감긴 느낌이었죠."

칼리드와 빌리는 그로부터 얼마 후, 뉴욕시의 랜달스 아일랜드 공원에서 6월에 열린 거버너스 볼 뮤직 페스티벌에서 재회했다. 빌리는 자신의 무대에 칼리드를 초대해 '러블리'를 열창했고, 이는 페스티벌의 하이라이트라는 찬사를 받았다. 이 무렵 '러블리'는 빌보드 핫 100에서 78위까지 올라가며 전 세계적인 인기를 끌었다. 빌리의 팬이 많은 호주와 뉴질랜드에서는 탑 5에 들었고, 캐나다. 영국, 오스트리아, 네덜란드, 노르웨이, 스웨덴에서는 꾸준히 전파를 타며 탑 50 주위를 맴돌았다.

차트 성적으로 보면 '러블리'는 빌리에게 돌파구 같은 존재가 되어준 히트곡이다. 핫 100에 오른 첫 싱글인 데다, 다른 곡들에 비해 방송을 많이 타며 새로운 청중을 유입했기 때문이다. 이 컬래버레이션은 음반사 경영진과 홍보 담당자들이 빚어낸 꿈의 프로젝트가 아니었다. 온전히 빌리와 칼리드 두 사람의 참된 우정에서 비롯된 곡이며, 서로의 창의력을 존중했기에 나올 수 있는 결과였다.

She wore what she wanted
and said exactly
what she felt.

9장

모자를 벗고 왕관을 쓰다

TRACK #01

포즈와 열정

2018년 여름, 빌리 아일리시의 인지도는 확실히 높아지고 있었다. '러블리'의 유튜브 조회 수는 1,500만에 육박했고, 싱글 발매 한 달 후 빌리의 인스타그램 계정 팔로워는 200만에서 300만으로 늘어나 있었다. 특히나 패션 월간지 〈배니티 페어〉의 두 번째 표지라고도 불리는 '배니티즈' 섹션의 첫 페이지에 실린 것은 빌리의 인지도가 크게 상승했음을 가장 잘 보여준다. 이 섹션은 정상을 향해 달려가는 연예인들을 소개하는데, 이전에 나왔던 이로는 리어나도 디캐프리오, 벤 애플렉, 키이라 나이틀리, 마고 로비, 제이크 질렌할, 톰 하디가 있다. 뮤지션으로는 저스틴 비버 외에

몇몇이 소개됐을 뿐이니 빌리로서는 엄청난 성과라고 볼 수 있다. 빌리는 구찌, 펜디, 버버리 의상을 착용하고 톱 모델처럼 포즈를 취했다.

성공 덕에 빌리는 그동안 품고 있던 열정을 마음껏 표출할 수 있었다. 어릴 때부터 옷에 관심이 많았는데 이제 최고 디자이너들의 최신 디자인을 접할 수 있게 됐고, 뮤직비디오를 통해 춤에 대한 사랑을 마음껏 표출할 수 있었다. 2018년 7월, '호스티지' 뮤직비디오가 애플 뮤직에 공개됐다(이후 계약 조건 때문에 3개월 동안 유튜브에는 올라오지 않았다). 이 영상을 위해 빌리는 자신이 평소 좋아하던 아티스트들을 섭외했다. 빌리만큼이나 개성 넘치는 벨기에 출신 뮤지션 스트로마에와 그의 형인 뤽 주니어 탐으로 구성된 모사에르트(Mosaert)라는 이름의 팀이었다. 이들은 영상 감독 헨리 스코필드와 함께 두아 리파의 'IDGAF' 뮤직비디오를 만들었는데, 스코필드도 빌리의 부름을 받고 팀에 합류했다.

'호스티지' 뮤직비디오는 정상급 안무가 매티 피콕이 만든 현대 무용 작품을 화면에 담은 것으로, 빌리와 호흡을 맞춘 남자 무용수는 데빅 불(아리아나 그란데와 데인저러스 우먼 투어에서 2인무를 춘 경력이 있다)이다. 스코필드는 한참을 물어본 후에야 빌리가 춤을 춰본 경험이 있음을 밝혔다고 말했다. "빌리는 놀라운 감각이 있어요. 자신을 잘 알고, 멋진 아이디어를 내고, 자신감이 있죠. 그걸 바탕으로 눈을 뗄 수 없는 퍼포먼스를 빚어내요." 부상에서 회복한 지 얼마 안 됐음에도 데빅과 동작 하나하나를 섬세하게 맞추는 모습에서 이런 점은 뚜렷하게 드러난다.

TRACK #02

가까이 다가갈수록 파괴되는

빌리는 '가까이 있고 싶은 욕망이 상대를 숨 막히게 해서, 결국 자신이 그토록 원하던 것을 파괴하고 마는' 정서가 영상에 담기길 원했다고 설명했다. 두 출연자의 동작은 밀물과 썰물처럼 애정과 공격성을 오간다. 영상은 가사에 나오듯 소유욕이 강해 결국 파괴적으로 변하는 연인의 이야기를 전달한다. 빌리는 친밀한 동시에 숨 막히는 느낌이 드는 방을 만들어 달라고 부탁했다. 그 결과 하얀 소품으로 채워진 하얀 방이 만들어졌고, 파란색, 연보라색, 노란색을 오가는 조명이 설치됐다. 흰옷에 금색 목걸이를 건 두 주인공이 춤을 추며 방에는 생기가 돌기 시작한다. 빌리의 감정들은 방 안에서 메아리치다 결국엔 연인을 온전히 휘감는다. 결과물은 너무나도 만족스러웠다. 투어 도중에 시간을 내어 한 촬영이라 더더욱 그랬다. 빌리는 필라델피아에서 공연을 앞두고 안무를 익혔고, 투어 일정에 따라 뉴욕과 몬트리올로 이동하며 이틀에 걸친 리허설을 소화했다. 촬영은 그다음 날 토론토 공연을 앞두고 이뤄졌다고 하니 정말 힘든 일정이었을 것이다.

힘든 일정을 버티게 한 건 음악에 대한 열정이었다. 여름이 막 시작될 무렵, 빌리는 한정판 분홍색 싱글 레코드판을 출시하며 소규모 음반 가게들을 홍보하는 캠페인인 '레코드 스토어 데이'에 힘을 실었다. 이 음반에는 직접 우쿨렐레 반주를 하며 부른 '파티 페이버'와 드레이크의 곡 '핫라인 블링'의 커버 버전이 들어있다. 인터뷰과 게시글을 통해 빌리는 자신이 주류 음악도 많이 듣지만, 동시에 인디 음악의 광팬임을 밝혔다. 뉴질랜드의 한 유튜브 채널은 빌리에게 150달러를 주며 음반 가게에서 원하는 걸 사게 하는 영상을 제작했다. 빌리는 사탕 가게에 간 어린아이처럼 기뻐했는데, 갖고 싶은 게 너무 많아서 고르는 데 애를 먹었다.

그런 빌리는 비츠 1의 라디오 디제이로 적임자였다. 〈그루피(스타의 맹목적인 젊은 여자 팬을 지칭하는 속어 – 옮긴이)도 감정이 있다(Groupies Have Feelings Too)?〉'라는 제목에서 청취자는 방송의 성격을 가늠해볼 수 있다. 빌리는 '그루피들이 일주일 내내 나와 같이 먹고 잔다면 듣게 될 노래'를 틀어주는 방송이라고 설명했다. 2018년 여름, 두 시간짜리 에피소드 6회분이 공개됐다. 빌리와 피니어스의 잡담과 함께 다양한 음악이 소개됐는데, 빌리를 잘 모르는 청취자들은 특이한 선곡에 적잖이 놀랐을 것이다. 방송 시작부터 빌리는 "말하기 전에 생각 먼저 해"라는 말로 경고했고, 피니어스는 깜짝 놀라며 "그러는 너는 한 번이라도 그런 적……"이라고 말해 청취자의 폭소를 유발했다.

TRACK #03

여름,
축제의 서막

라디오 방송은 오코넬 남매를 알아가기에 더할 나위 없이 좋은 기회였다. 노래와 노래 사이에 둘은 어릴 적 좋아했던 TV 프로그램, 투어에서 있었던 일화 등의 이야기를 나눴다. 빌 클린턴과 힐러리 클린턴이 남매인 줄 알았다는 빌리의 발언은 두고두고 회자된다. 대화도 대화지만 이 프로그램의 꽃은 뭐니 뭐니 해도 음악이었다. 빌리는 차일디시 갬비노, 타일러 더 크리에이터, 제이 콜 등 자신이 가장 좋아하는 힙합 아티스트들의 음악은 물론, 싱어송라이터들의 곡들, 60년대 음악, 뮤지컬 넘버, 나아가 자신과 같은 무대에 섰던 리오 크레이건, 섯모우스 등 비교적 덜 알려진 아티스트들의 음악도 소개했다.

'가장 핫한 신인'이라는 수식어가 붙은 가수에게 여름은 곧 축제를 의미했다. 2018년에 빌리는 디트로이트의 모팝, 시카고의 롤라팔루자, 몬트리올의 오시아가, 샌프란시스코의 아웃사이드랜즈 등 수많은 페스티벌을 순회하며 대형 야외무대에 섰다. 이제는 동료들이나 자신이 좋아했던 스타들과 함께 이름을 올리며 수백 규모의 관객이 아닌 수천 명 앞에서 노래했다. 솔로 가수로서 대형 무대를 채우고 관객들과 소통하는 건 쉽지 않은 일인데, 빌리는 그런 문제를 전혀 느끼지 못했다. 주로 형광색 의상을 입고 무대에 오른 빌리는 지치지 않는 열정을 보여줬고, 마치 소극장 공연을 하듯 관객들과 친밀하게 소통하며 함께 춤추고 노래하도록 유도했다.

대형 페스티벌의 군중은 종종 골칫거리가 되기도 한다. 로드매니저 브라이언 마키는 롤라팔루자 공연 당시 빌리가 발목을 삐어서 고생한 일화를 회상했다. 공연을 마치고 호텔로 돌아가야 해서 마키는 빌리를 등에 업었다. "도심 속에서 호텔까지 한 블록을 달려가는데 어린 팬들이 호텔 로비까지 쫓아왔어요. 로비는 이미 공연을 보고 온 다른 애들로 꽉 차 있었죠. 업어서 방까지 데려다주니까 빌리가 '재밌네!'라고 했어요." 폴스타닷컴과의 인터뷰에서 마키가 말했다.

부상

injuries

"17살인데 왜 몸이 이렇게 X같이 망가졌나 모르겠어요." 영국 〈메트로〉와의 인터뷰에서 빌리가 말했다. 천사의 목소리와 작곡의 재능을 타고났지만, 자신의 예술 활동 때문에 몸이 혹사당한 것은 사실이다. 대중에게 노출된 이후 빌리는 운동선수들이 겪을 법한 부상에 시달렸다. 본인은 이유를 모른다고 말하지만 어릴 적 댄스플로어에서 육체의 한계점까지 스스로를 몰아붙이고, 가수가 된 이후엔 쉴 새 없이 투어를 다닌 것과 분명 관계가 있을 것이다.

'오션 아이즈'가 사운드클라우드에서 인기를 끌 당시 무용 수업에서 다친 것이 처음 입은 부상은 아니었지만, 그때까지 경험한 최악의 부상이었음은 분명하다. 빌리는 13세에 자신보다 나이 많은 청소년들과 무용을 하다가 골반에 있는 성장판이 파열되고 말았다. 뼈 끝부분이 아직 단단해지지 않은 시기라 다칠 위험이 있는데, 13, 14세 정도의 몸을 많이 움직이는 여자 아이들이 꽤 많이 겪는 부상이다. 빌리의 경우엔 뼈가 골반에 있는 근육과

분리됐으니 유독 크게 다쳤다고 볼 수 있다.

완벽히 회복됐을 무렵, 빌리는 공연을 하러 투어 길에 올랐다. 육체적으로 무리가 많이 가는 곡 편성임에도 빌리는 매 공연에 모든 열정을 쏟아부었다. 평소 자신이 고통을 잘 견딘다며 자랑스러워하는 빌리는 아픈 데가 있어도 참고 공연했지만, 거기엔 대가가 따랐다. 공연에서 처음으로 심각한 부상을 입은 건 2018년 롤라팔루자 페스티벌에서였다. 누군가가 자신의 비니 모자를 훔쳐가자 빌리는 소리치며 방방 뛰었다. 그러다 착지를 잘못해서 발목을 삐었다. 투어가 끝날 때까지 빌리는 한쪽 발에 멋진 루이비통 정형외과용 부츠를 신고 다녔다.

관객들은 빌리가 근육 테이핑을 하거나 무릎, 발목 보호대를 한 채 무대에 서는 모습에 익숙해졌다. 2019년 2월 맨체스터에서 빌리는 정강이통을 견디며 무대 위를 뛰어다녔다(이후 팬들은 라이브스트림으로 붕대를 제거하는 모습을 볼 수 있었다). 7월에 LA에서는 무대에 오르기 전에 계단에서 넘어져 또 한 차례 발목을 다쳤다(공연은 예정대로 마쳤다). 2019년 9월, 이탈리아의 밀라노 록스에서는 무대에서 뛰다가 반대쪽 발목을 다쳤지만 포기하지 않고 앉은 채로 노래했다. 하지만 고통이 너무 심해지자 눈물을 흘리며 무대에서 내려왔다. 침술, 마사지, 물리치료, 스트레칭 훈련, 테이핑 등 온갖 시도를 하지만, 부상을 방지하는 유일한 방법은 무대에서 열정을 자제하는 것 같다. 하지만 당분간 그럴 일은 없어 보인다.

TRACK #04

모두 소리치는 모습이 보기 좋아

디트로이트의 모팝 페스티벌에서는 별다른 설명도 없이 신곡을 불렀지만, '유 슈드 시 미 인 어 크라운you should see me in a crown'이 공개된 지 열흘이 지났을 때라 관객들은 이미 가사를 다 알고 있었다. 이 곡의 가사는 기존에 빌리가 보여줬던 것과는 출발지점 자체가 다른 듯했다.

'아무것도 아닌 이 동네를 다스려주겠어(I'm gonna run this nothing town)' 같은 가사는 누가 봐도 힙합의 느낌이 강하다. 마지막 절에 가면 비로소 피 묻은 벽, 영구차에서 잠을 자다 등 우리에게 익숙한 빌리 특유의 어두운 표현들이 나온다. 빌리는 가장 좋아하는 가사로 '모두 소리치는 모습이 보기 좋아(I like the way they all scream)'를 꼽았다.

'유 슈드 시 미 인 어 크라운'은 BBC 라디오 1의 〈애니 맥 쇼〉에서 처음으로 공개됐는데, 이곳에서 빌리는 BBC 드라마 〈셜록〉에서 영감을 받아 곡을 썼다고 밝혔다. 이 드라마의 열렬한 팬인 빌리와 피니어스는 두 번째 시리즈의 마지막 회인 '라이헨바흐 폭포' 편을 보고 있었다. 런던에 있는, 경비가 철저한 건물들의 마스터키를 소유한 악역 짐 모리어티는 '열쇠를 가진 자가 왕이야. 자기는 내가 왕관 쓴 모습을 봐야 해'라는 대사를 한다. 빌리는 대사의 마지막 부분을 가사에 쓰기로 마음먹었다. 〈워킹 데드〉를 보고 숙제를 했던 엄마의 작곡 수업이 정말 효과가 있었던 모양이다!

'유 슈드 시 미 인 어 크라운'은 칼날이 마찰하는 소리와 함께 시작한다(부엌에서 녹음됐고 빌리의 아빠가 직접 칼 소리를 냈다). 이어서 가청 범위를 벗어난 듯한 멍한 느낌의 신시사이저 소리가 깔리며 속삭임에 가까운 보컬이 흘러나온다. 어둡고 불길한 분위기가 이어지다가 후렴이 시작되면 잡음이 섞인 듯한 스타카토 반주와 사나운 비트가 곡의 조도를 한껏 밝힌다. 처음 공개된 모팝의 라이브 무대에서 입증됐듯, 이 후렴구는 대규모 관객을 자동으로 움직이게 할 정도로 치고 들어오는 힘이 남다르다. 지난해의 힘든 투어 일정을 소화하며 빌리는 어떤 곡이 라이브에서 통하는지를 익혔다. 다수의 인터뷰에서 빌리는 관객들이 완전히 몰입할 수 있고, 동시에 본인도 무대에서 부르기 재미있는 곡을 만들고 싶다고 밝혔다

출시된 지 며칠 후에 이 곡의 베보 리프트 라이브 영상이 공개됐다. 빌리는 호화롭고 화려한 저택 무대를 뛰어다니며 춤추고 노래하다가 후반부에는 허리 높이까지 쌓인 지폐 다발에 올라선다(피니어스와 앤드루는 귀여운 1,000달러짜리 발렌시아가 스웨터를 입고 구석에서 연주한다). 흰색 오버사이즈 티셔츠와 루이비통 반바지를 입은 빌리는 무릎에 멍든 자국을 그대로 드러낸 채 노래하는 내내 발을 구르고 온몸을 비틀며 에너지를 쏟아낸다.

곡이 처음 소개된 모팝 공연 당시, 무대의 대형 화면에서는 드라마 〈셜록〉에서 홈즈가 모리어티를 묘사하는 장면이 흘러나왔다. "정말이지 거미 같은 자야. 거미줄 한가운데에 있는 거미. 그 거미줄은 수천 가닥으로 얽힌 범죄 조직망이지. 한 가닥 한 가닥이 어떻게 춤추는지 그자는 정확히 알고 있어." 빌리는 이전부터 거미에 애착을 보여왔다. 팬들은 빌리가 거미 이모티콘을 자주 쓴다는 걸 익히 알고 있었지만, 이번에는 그것보다 훨씬 심각한 수준으로 넘어갔다.

TRACK #05

타란툴라를 입에 머금고

8월에 스포티파이가 공개한 세로 화면의 '유 슈드 시 미 인 어 크라운' 뮤직비디오에서 빌리는 살아있는 거미가 기어 다니는 왕관을 쓰고 있다. 그중에는 타란튤라도 있는데, 손과 얼굴 위를 마구 기어 다닌다. 여기까지는 그래도 견딜 만하다. 아직 기겁하지 않은 시청자를 위해 이보다 더한 장면들이 남아있다. 2분이 지나 후렴이 나오는 부분에서 빌리가 입을 벌리면 거대한 타란툴라가 그 안에서 기어 나온다. 이건 실제이며 절대 CG가 아니다. 심지어 만족할 만한 장면이 나올 때까지 여러 차례 찍었다고 한다. 빌리는 전혀 언짢은 기색을 보이지 않았고, 재미있는 촬영이었다고 후에 털어놓았다. "난 뭐가 잘못된 걸까요? 혹시 아는 사람?" 그 연기에 대해 집요하게 물어보자 빌리가 농담 투로 대답했다.

머지않아 '유 슈드 시 미 인 어 크라운'은 빌리의 공연에서 빠질 수 없는 곡이 되었다. 페스티벌을 찾은 관객 중엔 준비해 온 왕관을 쓰고 오는 이들도 있었고, 빌리의 투어 팀이 무료로 나눠준 종이 왕관을 쓴 이들도 있었다. '러블리'만큼 인기를 끌지는 못했지만, 이 곡은 미국, 캐나다, 유럽에서 좋은 반응을 얻었고, 호주에서는 탑 20에 올랐으며, 놀랍게도 뉴질랜드 차트에서는 3위를 차지했다.

빌리는 활동 영역을 더욱 넓혀 8월에는 한국의 관객을 만났고, 일본의 도쿄와 오사카에서 열린 서머 소닉 페스티벌에도 참여했다. 공항에 도착하자마자 팬들은 열광적인 환호를 보냈고, 공연장에는 모든 노래를 따라 부르는 관객도 많았다. 빌리는 극동아시아 투어 거점 중에서도 특히 화려한 색채와 눈에 띄는 디자인이 많은 도쿄를 좋아했다. 만화와 애니메이션의 영향을 받은 일본의 현대 미술가 무라카미 다카시의 스튜디오를 방문하며 팬심을 드러내는가 하면, 일본의 고급 패션 브랜드 매장을 둘러보며 한껏 기분을 내기도 했다.

가장 첫 인터뷰 때부터 빌리는 패션에 관심이 많음을 밝혔다.

언젠가 자신의 이름이 들어간 컬렉션을 내보고 싶다고 반복적으로 언급하며 야망을 드러냈고, 여러 최정상급 패션 디자이너의 옷을 매치해서 입는 모습도 자주 보였다. 가볍게 음악을 즐기는 팬 중에는 형광색이 들어간 펑퍼짐한 옷으로 빌리를 기억하는 이들도 많다. 그렇기에 2018년 9월 뉴욕 패션위크에 빌리가 소방관 스타일의 주황색 재킷과 바지를 입고 나타났을 때 많은 이들은 의아해했다.

캘빈 클라인 컬렉션 쇼에 참석한 빌리는 제이크 질렌할, 라미 말렉, 오델 베컴 주니어, 미아 고스, 에이샙 라키뿐만 아니라 오랜 친구인 칼리드와 나란히 제일 앞줄에 앉았다. "이런 날이 오리라곤 상상도 못 했어요." 패션 사이트 WWD.com과의 인터뷰에서 빌리는 흥분을 감추지 못했다. "어릴 때부터 패션은 나를 표현하는 수단이었어요. 정말 비현실적인 일이 일어났네요." 패션에 대한 사랑이 보답을 받는 순간이었다. 워낙 독특하고 눈에 띄는 스타일을 추구하는 데다 인스타그램 팔로워도 5,000만에 달하니 패션업계의 관심을 끄는 건 어찌 보면 당연했다. 빌리는 정상급 모델 에이전시인 넥스트 모델스와 정식 계약해 패션 및 뷰티 관련 제품들을 홍보하기 시작했다.

10월 6일, '웨어즈 마이 마인드' 투어는 워싱턴 DC에서 대단원의 막을 내렸다. 캘리포니아로 돌아온 빌리는 〈엘렌 드제너러스 쇼〉에 출연해 '유 슈드 시 미 인 어 크라운'을 불렀다. 처음 출연하는 낮 시간대 TV 프로그램에서 빌리는 자신의 이름이 파란색 패턴으로 들어간 초록색 파자마 스타일 의상에 목이 올라온 초록색 운동화를 신었다. 무대에는 유리로 된 상자 안에 왕좌가 놓여있었고, 거대한 거미의 형상이 빌리 주위에 투사됐다. 격렬하게 몸을 흔들며 무대를 누비는 빌리의 모습에 대낮에 TV를 켠 시청자 중 많은 이들이 깜짝 놀랐겠지만, 팬들에겐 뜻밖의 선물과도 같았다.

2018년에 이미 70회에 달하는 공연을 소화했건만, 이어서 '1 바이 1' 투어 스케줄이 빌리를 기다리고 있었다. 또 한 번 도시에서 도시를 이동하며 대륙을 횡단하는 고된 일정이었다. 이 투어를 마치고 나면 빌리는 17살 생일을 맞게 된다. 빌리는 이제 공연을 하고 팬들을 만나기 위해 사는 사람 같았다. 다른 걸 하고 싶어도 사실 그럴 시간이 없었다.

"She has an incredible sense of self,
great ideas and a confidence that
lets her craft crazily compelling performances."

10장

바람을 타고 번져가는 목소리

TRACK #01

'빌리 아일리시'로 각인되다

2018년 10월 투어를 시작할 무렵, 빌리의 노래는 10억 회 이상 스트리밍된 것으로 추정됐다. 뉴질랜드 외의 나라에서는 초대박을 친 곡이 없었음에도 엄청난 팬층이 형성됐다. 인터넷에는 록 전문지, 10대 잡지, 신문을 가리지 않고 '도대체 빌리 아일리시가 누구인가?'를 다루는 기사들이 넘쳐났다. 이번 투어에서도 대형 공연장에 서게 됐지만, 여전히 하루에 대략 1,000명이 볼 수 있는 수준이었다. 표가 몇 분 안에 다 팔렸다는 건 더 큰 공연장이어도 쉽게 채울 수 있음을 의미했지만, 빌리의 팀은 애초에 계획했던 대로 작은 단계들을 천천히 밟아 나아가기로 했다.

이 무렵, 몸이 한쪽으로 기운 사람 형상의 마스코트 같은 것이 빌리와 연관을 맺게 됐다. 성별이 명시되지 않은 이것의 이름은 블로시이다(o 위에 가로획이 들어가 Blōhsh로 표기되기도 한다. 그래서 발음은 '블로우시'에 가깝다). 빌리의 낙서에서 탄생한 블로시는 진화를 거쳐 로고가 되기에 이르렀고, 포스터에 실릴 뿐만 아니라 빌리의 굿즈에도 응용되었다. 그동안의 성공을 바탕으로 빌리는 자신만의 옷을 디자인하겠다는 야망을 이루고야 말았다. 빌리 아일리시 스토어에 있는 후드 티와 형광 비니는 모두 빌리의 스케치북에서 생명을 얻었다. 하얀색 후드 티나 무지 비니 이미지를 다운로드한 다음 색칠하고 자신이 넣고 싶은 자리에 로고나 문양을 넣어 만든 결과물이다. 블로시는 펜던트로 등장하거나, 후드 티 소매에 반복해서 프린트되거나, 티셔츠 한가운데에 그림으로 들어가기도 한다. 이 모든 것은 LA 기반의 부티크 스트리트웨어 브랜드인 조이리치와의 합작품이다.

블로시는 '1 바이 1' 투어 현장 곳곳에서 발견됐다. 미국을 종횡무진 누비는 이 투어의 이름은 '유 슈드 시 미 인 어 크라운'의 후렴 가사에서 따온 것이다. 팬들은 일찍부터 와서 빌리의 노래를 부르며 줄을 서서 기다렸다. 대부분은 블로시가 들어간 옷을 입었고, 옷을 구하지 못한 이들은 카모플라쥬 바지, 크롭탑, 벙거지, 비니 등 빌리가 즐겨 입는 스타일로 입고 나타났다. 팬들은 어쿠스틱 편성의 솔로곡으로 무대를 여는 피니어스에게 열렬한 환호를 보냈고, 이어서 차일디시 메이저의 랩에 한껏 흥이 올랐다. 폴 앵카의 1950년대 곡 '풋 유어 헤드 온 마이 숄더Put Your Head on My Shoulder'와 TV 드라마 〈아메리칸 호러 스토리〉의 주제곡 일부가 흘러나오고 이어서 빌리의 곡 '마이 보이'의 도입부가 흐르면, 일렉트릭 블루로 머리를 염색한 빌리가 무대에 등장했다. 무대 뒤쪽에는 조명기 겸용으로 쓰이는 거대 거미의 몸체가 있었고, 빛줄기로 형상화된 거미의 촉수들이 빌리 주위에 퍼졌다.

공연은 매번 비슷한 구성으로 진행됐다. 곡들은 짧게 세 섹션으로 나뉘어 있었고, 그게 다 끝나면 '벨리에이크'로 분위기가 절정에 치달아 모싱을 유발하는 구간으로 이어졌다. 한 섹션이 끝날 때마다 빌리가 좋아하는 곡들이 장내 스피커를 통해 흘러나왔다. 소울자 보이의 '아이 갓 미 섬 베이프스I Got Me Some Bapes', 닌텐도 위 게임 음악 모음(빌리는 이 음악에 맞춰 귀여운 춤과 웃긴 행동을 보여줬다), 제이지가 리믹스한 뮤지컬 〈애니〉의 '하드 녁 라이프Hard Knock Life' 등이었다. 앙코르곡을 할 차례가 되면 관객들은 '오션 아이즈'와 '카피캣'을 떼창했다. 빌리는 공연 내내 최대치까지 끌어올린 에너지를 유지하며 춤추고 뛰어다녔다(피니어스와 함께하는 군무가 특히나 사랑받았다). 노래 사이사이에는 이런저런 이야기를 하며 관객들과 소통했고, 이따금 분위기를 바꿔 거대 거미 위에 앉아 발라드를 부르기도 했다.

투어의 첫 공연 장소인 캘리포니아주 오클랜드의 폭스 극장에서 빌리는 특별한 의미가 담긴 노래를 공개했다. 앙코르 요청에 무대로 돌아온 빌리는 피아노 앞에 앉아 얼마 전에 세상을 떠난 친구에 관한 노래를 부르겠다고 말했다. "자신의 삶에 어떤 일이 일어나고 있든 내가 손 뻗으면 늘 그 자리에 있어 준, 힘이 있는 사람이에요. 다른 어떤 것도 위안이 되어주지 못할 때 그 친구가 내게 위안을 줬어요." 그 어느 곡보다 따듯한 느낌의 발라드가 시작되자 관객은 숨죽여 경청했다. 그런데 갑자기 빌리가 마이크를 떨어트리며 키득거리자 긴장감은 깨지고 말았다. "자, 다시 슬퍼질게요." 그렇게 말한 뒤 빌리는 처음부터 다시 불렀다. 사랑과 상실의 의미를 담은 가슴 찢어질 듯한 노래가 끝나자 피니어스가 동생을 안아줬다. 빌리는 눈물을 훔치고는 양팔을 교차해 X자를 만들었다. 이는 자신의 친구 XXX텐타시온을 상징하는 몸동작이었고, 이 곡의 제목인 '6.18.18'은 그로부터 거의 4개월 전 그가 세상을 떠난 날짜를 의미했다. 빌리는 두 번 다시 이 곡을 부르지 않았다. 그저 딱 한 번만 부르고 싶어서였을 수도 있고, 고인을 둘러싼 논란과 거리를 두기 위해서였을지도 모른다. 이유를 떠나 유튜브로 검색해서 들어보면 정말 가슴 아프고 아름다운 노래임을 확인할 수 있을 것이다.

XXX텐타시온

사운드클라우드 랩은 힙합, 트랩, 록을 모두 섞은 장르이며, 같은 이름의 플랫폼에서 엄청난 인기를 끌었다. 플로리다 출신의 XXX텐타시온(본명은 자세 온프로이)은 가장 인기를 끈 사운드클라우드 랩 아티스트 중 한 명이다. 그의 싱글 '룩 앳 미!'는 '오션 아이즈'와 비슷한 시기에 사운드클라우드에 올라왔으며, 2017년 2월 핫 100에 진입했을 당시 XXX텐타시온의 나이는 고작 17세였다. 그해 말 발매한 '17'이라는 제목의 데뷔 앨범은 북미와 유럽에서 탑 10에 올랐다. 2018년 3월에 발매된 2집 앨범 '?'는 미국에서 1위를 기록했다. 몇 달 후인 2018년 6월 18일, XXX텐타시온은 스무 살의 어린 나이에 강도가 쏜 총을 맞고 사망했다.

XXX텐타시온의 음악을 들은 많은 청소년은 우울증과 싸우는 그의 가사에서 힘을 얻었다. 한편 이 래퍼에게는 전혀 다른 모습이 존재했다. 가사와 실제 삶 모두에서 폭력적인 성향이 드러났고, 때로는 깜짝 놀랄 만한 수준의 여성 혐오적 가사를 쓰기도 했다. XXX텐타시온의 삶은 논란이 가실 날이 없었다. 소년원과 교도소에서 복역한 경험이 있고, 총기 소지로 여러 차례 조사를 받은 적이 있으며, 폭행, 가정폭력 등으로 구설에 올랐다.

빌리 아일리시는 XXX텐타시온을 다른 시각으로 바라봤으며, 좋은 친구로 여겼다. 평소 자(Jah)라고 부르는 이 친구가 세상을 떠난 날, 빌리는 인스타그램에 "넌 늘 나를 걱정해줬어. 사랑해, 자. 너무, 너무 아프다"라고 썼다. 빌리는 XXX텐타시온이 자신을 많이 도와줬다고 느꼈으며, 이후에 공개한 헌사에서는 '한 줄기 빛이었으며 모든 것을 다른 이들을 위해 했던 사람'이라고 말했다. 폭력적인 사람을 미화했다는 이유로 수많은 기사와 인터넷 댓글들이 이 발언을 비판했고, 그에 따른 논란이 이어졌다. 빌리는 〈뉴욕타임스〉와의 인터뷰에서 "그저 애도를 할 수 있으면 좋겠어요. 애도한다는 이유로 다른 사람 입에 오르내리고 싶진 않아요. 고인에 대한 사랑을 표현하는 게 증오의 대상이 될 이유는 없다고 생각해요"라고 말했다.

TRACK #02

고통과 관능 사이

투어가 계속되면서 빌리는 대부분의 공연에서 우쿨렐레를 들고 커버 곡을 부르며 사람들에게 깜짝 선물을 선사했다. 주요 레퍼토리는 차일디시 감비노의 '텔레그래프 애비뉴Telegraph Ave(로이드의 '오클랜드')', 친구인 제시 레예스의 곡 '보디 카운트Body Count', 너바나의 '스멜스 라이크 틴 스피릿Smells Like Teen Spirit', 어린 시절의 애창곡인 비틀스의 '아이 윌' 등이었다. 텍사스주 오스틴에서 열린 공연에서는 너무나도 깜찍한 순간이 포착됐다. 빌리는 노란색 '빌리에이크' 의상을 입은 어린 팬을 무대로 초청했다. 인스타그램에서 '미니 빌리'라는 이름을 사용하는 엘시라는 세 살짜리 여자아이였다. 노래에 맞춰 춤을 추는 엘시의 모습에 빌리와 팬들은 귀여워 어쩔 줄을 몰랐다.

팬의 숫자는 계속해서 늘어났지만, 빌리는 여전히 최대한 많은 이들을 만나려고 노력했다. 창의성과 정성을 높이 사는 빌리의 취향을 아는 팬들은 편지뿐만 아니라 직접 만든 블로시 인형이나 티셔츠, 그림 등을 전달했다. 한 팬이 그린 그림은 빌리의 창작물에 직접적인 영감을 주기도 했다. 몬트리올의 한 팬은 검은 눈물을 흘리는 빌리의 모습을 그렸고, 이는 '웬 더 파티스 오버' 뮤직비디오의 기본 콘셉트로 도입됐다. 뮤직비디오는 곡이 발매된 지 1주일 후인 2018년 10월 25일에 업로드됐다.

빌리는 영상 초안을 찍어보기로 했다. 어릴 적 뒷마당에서 몇 시간씩 촬영했던 경험이 빛을 발했다. 빌리는 엄마를 마당에 있는 테이블 옆에 앉히고 물을 한 잔 주고는 자기를 대신해 연기해 달라고 부탁했다. 한 샷 한 샷 차례차례 구상하며 모든 움직임을 글과 그림으로 기록한 뒤, 빌리는 후반 작업으로 카메라 움직임을 수정해 실제 감독인 카를로스 로페즈 에스트라다에게 보냈다. 감독은 초안에 생명력을 불어넣어 고스족 느낌이 물씬 풍기는 뮤직비디오를 완성했다.

이 뮤직비디오는 독특하고 경악스러운 동시에 매우 단순하다.

새파란 머리의 빌리는 위아래로 흰옷을 입고 은색 팔찌와 반지를 찬 채, 목에는 넥타이처럼 체인을 걸고 있다. 그러고는 생각에 잠긴 듯 흰색 단상 위에 놓인 검은 액체가 든 잔을 응시하더니 이내 그것을 들이켠다. 일순간 빌리가 정면으로 카메라를 응시하고, 곧이어 검은 눈물이 뺨을 타고 흐른다. 빌리가 얼굴과 옷을 문지르면 온통 검은 액체로 범벅이 된다. 슬픔과 내적 고뇌를 그린 이 걸작에서 빌리는 곡의 극히 일부만을 부르며, 태평함, 고통, 관능 사이의 절묘한 균형을 유지한 채 연기한다.

빌리는 자신의 예술 작품을 위해 기꺼이 고통을 감내했다. 우선 잔산 고무가 섞인 숯 푼 물을 마셔야 했다(그나마 특수 효과를 사용해서 한 잔을 다 마실 필요는 없었다). 검은 눈물이 흐르는 효과를 위해 등 뒤에 부착한 관은 이마를 지나 눈 안쪽으로 고정됐다. 이 장면은 12시간에 걸쳐 6번 촬영됐다.

'웬 더 파티스 오버'의 가사는 고통을 감내하더라도 관계를 정리하는 것이 옳은 행동일 수 있음을 이야기한다. 곡을 쓴 사람은 피니어스인데, 당시 만나던 여자의 집을 충동적으로 떠나 차를 몰고 집으로 오는 길에 아이디어가 떠올랐다고 한다. '웬 더 파티스 오버'는 그해 초부터 라이브의 단골 곡이 됐는데, 정교하게 다듬어져 여러 질감을 지닌 스튜디오 버전과 달리 공연에서는 오로지 피니어스의 피아노 반주에 맞춰 노래했다. 녹음된 버전에는 피아노의 존재감이 적은 대신 여러 겹으로 쌓인 빌리의 목소리가 깊은 감정을 표현한다.

피니어스는 이미 이 곡을 알고 있는 수많은 팬을 위해 잊지 못할 무언가를 선사해야 할 것 같다고 트위터에 적었다. 그래서 녹음 때 보컬 트랙을 수백 개나 쌓느라 고생했다고 한다. 빌리는 인스타그램에 스위스의 유명 타투 아티스트 마누엘라 소토 소사가 그린 아트워크를 올리며, 어린 여자아이가 울고 있는 이 그림이 아니었으면 녹음하는 것이 불가능했을 거라고 말했다. 이후 〈페이더〉와의 인터뷰에서 빌리는 노래의 첫 단어인 'Don't'가 맘에 들 때까지 90번을 녹음했다고 이야기했다.

TRACK #03

숨기지 마, 그냥 보여주면 돼

'웬 더 파티스 오버'는 뮤직비디오의 작품성과 더불어 빌리의 아티스트로서의 능력을 입증했다는 점에서 이때까지 가장 성공적인 곡으로 평가받았다. 핫 100에서 29위, 영국 차트에서 21위에 올랐고 노르웨이, 스웨덴, 아일랜드, 에스토니아뿐만 아니라 늘 변치 않는 사랑을 주는 캐나다, 호주, 뉴질랜드에서는 탑 10에 진입했다.

'웬 더 파티스 오버'로 빌리는 베보 리프트 영상에 또 한 번 모습을 드러냈다. '1 바이 1' 투어의 느낌을 맛볼 수 있게 해주는 이 라이브 영상은 11월 뉴욕 브루클린에서 녹화됐다. 관객들은 하얀

정사각형 무대를 둘러싸고 섰다. 비록 적은 숫자였지만 흥이 오를 대로 오른 관객들에겐 춤을 출 수 있는 공간이 제공됐다. 피니어스와 앤드루는 빌리의 이름이 패턴으로 들어간 의상을 입었고, 빌리는 흑백 체크무늬 오버사이즈 샤넬 트레이닝복을 입었다. 삼인조는 새로운 싱글뿐만 아니라 '벨리에이크', '웬 더 파티스 오버'를 선보였는데, 많은 이들은 이날의 무대를 빌리의 라이브 중 최고로 꼽는다. 무엇보다 완벽한 사운드가 압권이다. 빌리의 보컬은 흠잡을 데 없었고, 열광적인 관객에게 둘러싸인 형태의 무대라서 한껏 에너지를 전달받은 듯하다. 관객들은 곡 사이에 열광적으로 소리쳤지만 빌리가 노래할 땐 목소리가 들릴 수 있도록 배려했다.

11월 20일, 투어를 마친 빌리는 LA로 돌아와 할리우드 대로에 있는 유서 깊은 폰다 극장에서 3일 동안 축하 무대를 열었다. 공연 당일에 인근의 산타 모니카에 있는 애플 매장에서 열린 간이 공연이 있었다. 작은 공간에 관객들을 앉혀 놓고 빌리와 피니어스는 소리소문 없이 신곡 '컴 아웃 앤 플레이come out and play'를 공개했다. 따듯하고 달콤한 자장가와도 같은 이 곡은 어쿠스틱 기타와 보컬로 편성되어있으며, 느린 비트에서 시작해 점차 강렬해지는 구조를 띤다. 후렴구에는 '숨기지 마'라는 가사가 반복되는데, 여기에는 자신의 참모습을 보여주라며 부드럽게 설득하는 빌리의 직접적인 메시지가 담겨있다.

매장에서 공연을 한 이유는 이 곡이 곧 있을 추수감사절부터 크리스마스를 준비하는 시즌까지 애플의 TV 광고 배경음악으로 쓰일 예정이었기 때문이다. '당신의 재능을 나눠요' 캠페인의 일부인 이 광고는 보는 이를 미소 짓게 한다. 아름다운 겨울 풍경을 배경으로 한 픽사 스타일의 애니메이션에는 창의적 재능을 감추고 사는 주근깨 가득한 얼굴의 젊은 여자가 등장한다. 결국 자신이 키우는 털북숭이 개 덕분에 그동안 남몰래 그려왔던 그림들은 바람을 타고 행인들에게 날아가고, 그들은 그림에 감동해 미소를 보인다. 애플사는 빌리와 피니어스에게 애니메이션의 초기본을 보내며 그와 어울리는 곡을 써달라고 주문했다. 자신의 재능을 자랑스럽게 생각하라는 주제는 빌리에게 쏙 들어맞았다. 하지만 빌리는 사회적 불안을 느끼는 이들을 안심시키는 내용으로 아이디어를 확장했다.

이 곡은 폰다 극장으로 장소를 옮겨 다시 한번 연주됐는데, 이 공연에서 가장 이목을 끈 것은 뭐니 뭐니해도 칼리드의 찬조 출연이었다. 두 사람은 '러블리'를 함께 부르는 것에 멈추지 않고 칼리드의 히트곡 '영 덤 앤 브로크Young Dumb & Broke'를 듀엣 버전으로 불렀다. 물론 '컴 아웃 앤 플레이'도 관객들에게 좋은 반응을 얻었다. 이 곡은 광고의 여파로 빌리의 목소리를 들어본 적이 없는 이들에게도 알려지며 '웬 더 파티스 오버'와 함께 전 세계 차트에 존재를 드러냈다.

10월이 되자 빌리는 플로렌스 앤 더 머신의 미국 공연에서 오프닝 무대를 장식했다. 두 팀은 서로에 대한 칭찬을 아끼지 않았고, 관객들은 빌리의 무대를 좋아했다. 애초의 계획은 새해에 있을 플로렌스 앤 더 머신의 '하이 애즈 호프' 호주 투어에 동행하는 것이었지만, 12월에 '국제적인 일정을 계획하는 과정에 문제가 생겨' 합류할 수 없음을 밝혔다. 2월에 있을 유럽 투어 때까지 잡혀 있는 콘서트가 없어서 의아해하는 이들도 있었다. 이에 빌리는 "아쉽지만 공연을 하기에 앞서 마쳐야 할 중요한 일이 있다"라고 트위터에 해명 글을 올렸다. 팬들은 중요한 일이라는 게 무엇인지 대번에 알아챘다. 한동안 빌리는 정규 앨범을 준비한다는 이야기를 해왔는데, 팬들은 이제 발매가 얼마 남지 않았음을 알 수 있었다.

Despite the growing number of fans,

Billie still did her best

to meet as many of them as possible.

11장

침대의 괴물과 무대의 신

TRACK #01

정규 1집 발매를 앞두고

'말없이 가만히 있었는데 갑자기 눈물이 줄줄 흘러내렸어요.' 팬들에게 잘 알려진 〈배니티 페어〉와의 연간 인터뷰에서 빌리는 새해 스케줄을 본 순간을 회상했다. 2019년 1월, 인스타그램 팔로워 600만을 거느린 빌리는 '〈포브스〉가 선정한 30세 이하 30인'에 젊은 사업가 및 업계의 선두주자들과 나란히 이름을 올렸다. 빌리는 스포티파이에서 10억 회 이상 재생된 최연소 아티스트로 기록됐고, '오션 아이즈'는 발매 만 1년 후에 미국과 영국에서 탑 100에 진입했다. 이 무렵 빌리는 자신이 노래하게 될 100개의 콘서트가 나열된 명단을 받아봤다. 거기에는 전 세계 최대 규모의 페스티벌도 포함돼 있었다.

2주 후에 17번째 생일을 맞은 빌리는 아이스 스케이트장에서 가족, 친구들과 축하 파티를 열었다(어딜 가도 군중이 몰려들어 스케이트장을 통째로 빌렸다. 안 그래도 빌리는 스케이트 타는 게 너무나도 그립던 참이었다!). 공연 명단을 받아들고 당황한 건 어찌 보면 당연한 반응이었다. 빌리는 아직 10대였다. 인스타그램에 올라온 영상 속 빌리는 또래들과 춤추고 웃긴 표정을 지으며 돌아다녔다. 10대의 많은 부분을 투어, 인터뷰, 녹음, 즉 일을 하며 보내느라 그런 평범한 순간들은 많이 놓치고 살 수밖에 없었다.

2018년 말, 빌리는 스스로에게 첫 자동차를 선물했다. BMW나 벤츠처럼 팝스타들이 탈 법한 차가 아닌 검은색 무광 닷지 챌린저를 선택했다. 12살 때부터 좋아했고, '워치' 뮤직비디오에 등장시켜야 한다고 한사코 주장했던 바로 그 모델이었다. "나랑 제일 친한 친구예요. 내 여친…… 이름은 더 드래곤. 신화에 나오는 생명체 중에 용을 제일 좋아하거든요." 〈보그〉와의 인터뷰에서 빌리가 말했다. "안전장치가 잘 작동하는지 엄마가 확인했어요." 아직은 법적으로 운전할 땐 어른을 동반해야 했기 때문에 엄마의 승인은 필수였다. 정식 면허를 취득한 건 그해 여름이었지만 빌리는 자동차 앞에서 멋진 포즈를 취하며 사진을 찍었고, 집 뒷마당에서 주차 연습을 해놓고 혼자 운전했다며 자랑하기도 했다.

팬들은 1월에 빌리에게서 별다른 소식을 듣지 못했다. 플로렌스 앤 더 머신의 호주, 뉴질랜드 투어를 취소했으니 2월에 있을 유럽 투어까지 공연 일정은 없었다. 그 한 달은 오랫동안 미뤄온 정규 1집 앨범의 마무리 작업을 하기 위해 비워놓은 것이 명백해 보였다. 그래서 2019년 1월 8일, 빌리의 인스타그램 계정에 다음 날 출시될 신곡의 홍보 게시글이 올라왔을 때 팬들은 깜짝 놀랐다. 이 트랙의 제목은 '웬 아이 워즈 올더WHEN I WAS OLDER'였고 영화 〈로마〉에 영감을 받았다는 글과 바다를 향해 달려가는 어린 여자아이의 사진이 음악과 함께 게시됐다.

〈로마〉는 겨울 시즌에 극장가와 넷플릭스에서 크게 히트했고, 아카데미 시상식에서 10개 부문에 후보로 이름을 올렸다(이후 2월에 열린 시상식에서 3개의 오스카를 수상했다). 1970년대 초 멕시코시티를 배경으로 하는 이 영화는 가정부로 일하며 힘든 삶을 묵묵히 견뎌내는 클레오의 삶을 그린다. 인물의 내면을 매혹적이고 감성적인 한편의 초상화처럼 그려낸 〈로마〉는 빌리의 음악과 많은 부분이 닮아있다. 그렇기에 이 영화에서 영감을 받아 만든 음악들로 앨범을 만드는 작업에 알폰소 쿠아론 감독이 빌리를 초청한 것은 매우 타당했다.

전생에 관한 환상을 가진 영화 속 페페라는 이름의 남자아이는 이런 대사를 한다. '내가 어른이었을 때 난 선원이었어. 그런데 폭풍우를 만나서 물에 빠져 죽었어.' 빌리와 피니어스는 이 대사의 앞부분과 영화의 이미지들을 가져와 영화 〈로마〉의 정수를 담은 곡을 만들었다. 비단결 같으면서도 우울한 자기 성찰적인 보컬은 (평소와 달리 오토튠을 사용했다) 클레오의 내면을 완벽하게 담아냈고, 피니어스는 영화에 나오는 시위하는 학생들의 외침, 개 짖는 소리, 파도 소리, 성난 불길 소리를 샘플링해 듣는 이의 뇌리에 깊은 여운을 남기는, 간소한 악기 편성의 곡을 만들었다. "영화가 없었으면 이 곡은 존재할 수 없었겠죠. 그 점이 참 마음에 들어요." 남매가 말했다.

TRACK #02

잔혹하고도 장난스러운 선곡

평론가들은 앨범 '영화 〈로마〉로부터 영감을 받은 음악들' 수록곡 중, '웬 아이 워즈 올더'를 최고로 꼽았다. 패티 스미스, 벡 등 유명 아티스트들이 참여한 걸 생각하면 엄청난 찬사라고 할 수 있다. 최근에 빌리가 발매한 싱글들만큼 높은 성적을 거둔 건 아니었지만, 이 곡은 목을 빼고 정규 앨범 출시를 기다리는 팬들에게 큰 기쁨을 선사했다. 1월 13일에 빌리는 "오늘 앨범 마스터 작업"이라고 인스타그램에 올렸고 그로부터 3일 후에는 "3월"이라는 짧은 글을 올렸다.

2월 28일, 빌리는 트위터, 유튜브, 인스타그램에서 새 앨범의 제목인 '웬 위 올 폴 어슬립, 웨어 두 위 고?'라는 글귀와 더불어 신곡을 부르는 16초짜리 홍보 영상을 공유했다. 이 짧은 영상에서 검은 장갑을 낀 손들이 노래하는 빌리의 머리를 잡는 장면 등은 보는 이를 다소 불편하게 만들었다. 다음 날 게시물이 또 하나 올라왔다. 이번에는 흰옷을 입은 빌리가 악령 들린 듯한 모습으로 조명을 받으며 정돈되지 않은 하얀 침대에 앉아있는 사진이었다. 하얀 눈동자와 무시무시한 미소는 마치 공포영화의 한 장면을 캡처한 듯하다. 다시 한번 앨범 제목을 언급하며 다음 날 아침에 신곡이 나올 거라는 글이 함께 올라왔다.

어느 정도 시간이 흐른 뒤, 빌리 본인도 참 이상한 노래라고 설명하는 '베리 어 프렌드'가 공개됐다. 롤라팔루자에서 공연을 마친 날 피니어스는 21번째 생일이었는데, 남매는 그다음 날부터 이틀에 걸친 휴일 동안 이 곡을 만들었다고 한다. '베리 어 프렌드'는 혼란스러운 동시에 독특한 분위기를 띠며 놀라울 정도로 귀에 착착 감기는 노래다. 빌리가 발목을 다쳐 괴로워하던 시기의 영향 때문인지 잔혹함과 폭력을 암시하는 면이 있지만, 동시에 장난스럽고 아이 같은 느낌을 풍긴다. 보컬이 빠진 연주곡 버전에는 교정 전문 치과 진료 당시 녹음한 드릴 소리 외에도 비명 및 여러 정신 없는 소음이 경쾌한 셔플 비트와 어우러진다.

가사는 침대 아래에 있는 괴물을 소재로 한다. 빌리는 자신이 그린 괴물 그림에서 아이디어를 발전시켜 잠자는 이를 괴롭히는 괴물의 관점에서 가사를 썼지만, 누가 괴롭힘을 당하는지는 명시돼 있지 않다. 연주곡 버전과 마찬가지로 가사 또한 공포스러운 암시들로 얼룩져 있으며, 동시에 자기 회의와 절망감을 드러낸다. 이 곡을 완성하는 마지막 퍼즐 조각은 빌리의 전달 방식에 있다. 거의 속삭이다시피 하는 창법, 이따금 튀어나오는 어린아이 같은 발음(예를 들어 asleep을 '어슬립'이 아닌 '어슓립'으로 발음한다), 공포 분위기를 높이는 메아리 효과는 이 곡의 독특한 정체성을 형성한다.

메키 레인

Mark! Raine

'베리 어 프렌드'를 처음 쓸 당시, 빌리는 자신의 이름을 부르는 목소리로 곡이 시작되면 좋겠다고 생각했고, 그 적임자로 런던 출신의 래퍼이자 친구인 캘빈 파킨슨을 떠올렸다. 활동 초기에 파킨슨은 크룩스라는 예명을 쓰다가 메키 레인으로 바꿨다. 메키 레인은 인스타그램에 올리는 자기 사진에 계속 빌리를 태그하며 "빌리는 어디 있지?"라는 글을 썼다. 빌리는 그걸 귀엽고 재미있다고 여겼고, 둘은 좋은 친구 사이가 됐다.

2018년 최고의 앨범을 꼽으라는 〈빌보드〉의 질문에 빌리는 메키 레인의 '도그 잇 도그 월드 Dog Eat Dog World'를 선택했다(빌리는 여전히 크룩스라는 이름으로 불렀다). 좋아하는 이유로는 영국 억양이 들어간 중저음을 언급했지만, 소규모 프로덕션이라는 점과 정통에서 벗어난 특이한 랩 스타일, 시적 언어유희를 좋아했음을 짐작할 수 있다. '도그 잇 도그 월드'는 4만 회 이상 재생됐으며, 메키 레인의 2019년 앨범 '블랙 시프' 또한 호평을 받았다.

TRACK #03

공포는 곧 환호가 되고

'베리 어 프렌드'의 뮤직비디오는 싱글 앨범 발매와 같은 날 공개됐다. 마이클 체이브스가 감독으로 선정된 이상 어떤 결과물이 나올지 예상되는 지점이 있었다. 체이브스의 단편영화 〈더 메이든〉은 슈릭페스트 영화제에서 베스트 슈퍼 단편 호러 영화상을 차지했고, 공포영화 〈요로나의 저주〉는 뮤직비디오가 촬영되던 당시 극장에서 상영되고 있었다. 이번에도 빌리는 자신의 아이디어를 들고 왔다. 원곡자에게 악몽 시나리오의 윤곽을 건네받은 체이브스 감독은 심야 상영 공포영화를 연상케 하는 영상을 완성했다.

메키 레인은 영국에서 비행기를 타고 건너와 빌리의 이름을 부르는 잠자는 형체를 연기했고, 빌리는 침대에 있는 괴물을 연기했다. 흰색 셔츠와 바지 차림은 빌리 특유의 스타일을 보여주는 동시에 정신병원 수감자 복장을 암시한다. 흰자위가 없는 눈을 하고 노래하는 장면은 섬뜩한 느낌을 주며, 살이 드러난 등에 여러 개의 주사기가 박히는 장면, 요동치는 몸짓, 뒤틀린 발목 등은 보는 이를 공포에 떨게 만든다.

'베리 어 프렌드'의 뮤직비디오는 공개된 지 24시간 만에 유튜브에서 1,300만 번 이상 조회됐고, 음원은 스포티파이에서 400만 재생을 기록했다. 이 곡은 발매되자마자 전 세계적인 인기를 끌었다. 이번엔 캐나다, 호주, 뉴질랜드에서 탑 3 안에 든 것에 멈추지 않고 북유럽과 동유럽에서도 주목받았다. 영국에서는 빌리의 곡 중 처음으로 탑 10에 들었고, 미국에서는 빌보드 100에 들었던 곡 중 최고 순위인 14위를 차지했다. 나아가 한국, 일본, 말레이시아 차트에도 이름을 올리며 동아시아에서도 존재감을 드러냈다.

다시 투어를 돌기에 더할 나위 없이 좋은 시기였다. 유럽 '1 바이 1' 투어의 17일 공연 티켓은 모두 팔려나갔다. 베를린의 케젤하우스에서 처음 선보인 '베리 어 프렌드'의 라이브 무대는 즉각적으로 호의적인 반응을 유도했다. 다른 많은 곡에서 이미 보여줬듯 빌리와 피니어스는 강렬하지만 조용한 이 곡을 저절로 발이

굴러지는 열정 넘치는 라이브 버전으로 바꾸어 놓았다. 팬들은 자신들의 역할에 충실했다. 이미 가사를 다 알고 있어서 후렴 부분을 합창했는데, 특히 목이 터져라 "아이 워너 엔드 미(내 손으로 나를 끝내고 싶어)"를 외치길 좋아했다. '웬 아이 워즈 올더'도 처음으로 라이브 무대에서 선보여졌다. 라이브 버전도 원곡처럼 차분한 분위기였지만, 빌리는 기어이 간주 부분에서 춤을 추며 무대를 돌아다녔다.

TRACK #04

빌리로서 인정받은 빌리

투어는 계속됐고 덴마크, 스웨덴, 프랑스, 이탈리아, 스위스, 네덜란드, 벨기에 공연도 무사히 마쳤다. 어디를 가든 빌리는 한결같았다. 늘 좌석 없는 공연장에서 잔뜩 흥분한 관객들과 만났는데, 10대 여자아이들이 주를 이뤘고 남자와 나이 있는 관객들은 상대적으로 적었다. 주로 어린 관객들이 앞줄에 섰고, 함께 온 부모님들은 뒤에 서서 관람했다. 공연은 시종일관 노래방 분위기여서 빌리는 농담으로 자기는 무대에 가만히 누워있어도(아니면 아예 안 나타나도) 관객들은 알아서 잘 놀 거 같다고 말했다.

빌리는 가는 도시마다 최대한 많은 팬과 인사 나누고 대화하려 했고, 무대에 오르면 모든 걸 쏟아냈다. 그러나 세계적인 스타가 되어가던 이 시기가 정신적으로 무척 힘들었다고 이후에 털어놓았다. 그중에서도 유럽 투어를 돌던 때가 최악의 상태였다고 한다. 빌리는 스타가 된 다른 어린 가수들이 어떤 길을 걷는지 지켜봤고, 본인도 같은 길을 걷게 되지 않을까 불안해했다. 다행히도 투어는 무사히 끝났고, 빌리의 상태는 많이 좋아졌다.

2월 말, 투어는 영국에서 계속됐다. 첫 거점은 런던에 있는 곳으로 비틀스, 데이비드 보위, 너바나, 화이트 스트라이프스가 BBC 출연을 위해 거쳐 간 전설적인 마이다 베일 스튜디오였다. 빌리는 '오션 아이즈' 때부터 자신을 지지해온 BBC 라디오 디제이 애니 맥의 프로그램에 출연해 노래했다. 대부분은 스툴에 앉은 채 진행된 이 방송에서 빌리는 흑백으로 된 스켈레톤 후드 티에 검은 반바지를 입고, 손가락에는 금반지를 여러 개 꼈다(그중에는 너무나도 멋진 뱀 반지도 있었다). 그리 길지 않은 방송 시간 동안 피니어스와 앤드루는 빌리 뒤에서 연주했고, 빌리는 평소와 다른 버전의 곡들을 노래했다. 에너지 넘치는 라이브 스타일이나 축약한 어쿠스틱 버전이 아닌, 빌리의 보컬을 전면에 내세운 부드러운 편곡이었다.

많은 팬이 이날의 라이브를 최고로 꼽는다. 특히 처음으로 선보인 팬토그램의 2016년 히트곡 '유 돈 겟 미 하이 애니모어 You Don't Get Me High Anymore'의 커버 버전은 '빌리가 가장 좋아하는 곡 중 하나'로 소개되며 많은 이들에게 사랑받았다. 강렬한 비트가 인상적인 일렉트로 록 느낌의 원곡보다 느리게 편곡되었는데, 아름다우면서도 고통이 느껴지는 빌리의 목소리는 "이제 아무것도 마음에 들지 않는다"는 가사 내용과 완벽하게 맞아떨어졌다. 아마도 최대의 찬사는 "빌리와 피니어스가 쓴 곡으로 들렸다"라는 평이 아닐까 싶다.

영국에서의 투어 일정 도중 곧 출시될 앨범의 네 번째 싱글로 '위시 유 워 게이'가 공개됐다. 2017년 6월에 라이브스트림으로 처음 선보인 이후 공연에서 정기적으로 불렀던 곡이었지만 정식 발매는 처음이었다. 이 트랙은 본래의 어쿠스틱 기타 편성을 그대로 유지한 채 그 위에 박수 소리 비트를 입혔고, 신시사이저 소리와 함께 분위기가 점차 고조된다. 거절당했지만 자존심을 지키려고 하는 마음 아픈 가사임에도 장난스러운 분위기가 흐르는데, 특히 숫자가 줄어들며 진행되는 가사 속 말장난은 듣는 재미를 더한다.

이 곡은 빌리의 이름을 차트에 올려놓는 데 일조했지만, 긍정적인 반응만 있었던 것은 아니다. 성 소수자 커뮤니티의 일원들이 이를 좋지 않은 시선으로 바라본 것이다. 처음 이 노래를 불렀을 때부터 빌리는 자신의 의도와는 다르게 가사를 해석하는 이들이 있으리라는 걸 짐작했다. 2018년 6월, 빌리는 "어떤 의미로든 비하나 공격의 의도는 없다. 말 그대로 저 애가 정말로 게이여서 그 이유로 나를 좋아하지 않은 거였으면 좋겠다는 뜻"이라고 인스타그램에 밝혔다. 이 말에 무게를 싣고자 빌리는 블로시 판매 수입의 일부를 급증하는 어린 성 소수자의 자살을 방지하는 프로그램인 트레버 프로젝트에 기부하기로 했다.

TRACK #05

보다 큰 모험을 앞두고

영국을 떠나기 전에 빌리와 피니어스는 런던 인근의 프리즘 클럽에서 전체연령을 대상으로 한 소규모 특별 어쿠스틱 공연을 열었다. 객석은 경쟁을 통해 선정된 관객으로 차 있었다. 헌신적인 팬들 앞에서 빌리는 그 어느 때보다 설렜다. 가수와 팬이 이렇게 가까워질 수 있을까 싶을 정도로 공연장의 분위기는 따듯했다. 팬들이 자신을 좋아하지 않는 악몽을 되풀이해서 꾼다는 빌리의 말에 관객들은 따듯한 사랑의 말로 위로했다. 공연은 끝났지만 빌리는 무대를 차마 떠나지 못하고 객석으로 몸을 던져 앞쪽 세 줄에 선 관객들과 포옹을 나눴다.

2019년 3월, 빌리 일행은 여정의 마지막 장소인 바르셀로나에 짐을 풀었다. 그날 밤 객석에는 카탈루냐 출신 가수 로살리아가 있었다. 빌리보다 여덟 살이 많지만, 두 사람 모두 방구석 스튜디오에서 음악을 만들며 창의성을 키운 점, 소위 하룻밤 사이에 스타가 됐으나 수년에 걸친 노력이 바탕이 되었던 점, 생각한 걸 여과 없이 말하는 점 등 공통점이 많다. 로살리아는 알앤비와의 접목 등으로 플라멩코라는 장르를 한 단계 끌어올렸으며, '플라멩코계의 리아나'라고 불릴 정도로 라틴팝의 대형 스타가 됐다. 2018년에 '말라멘테Malamente'로 큰 인기를 얻은 로살리아는 레게톤 스타 제이 발빈과 합작한 '콘 알투라Con Altura'의 출시를 앞두고 있었고, 이 곡은 이후 국제 차트에서 1위를 차지했다.

애니 맥의 라디오 프로그램 녹음과 함께 진행된 인터뷰에서 빌리는 이미 한 달 전에 로살리나와 만나 함께 녹음했다고 밝혔는데, "생각해본 적도 없는 음들을 내야 했다"며 초고음으로 화음을 낸 일화를 이야기했다. 빌리는 확실히 로살리아를 좋아하는 듯 보였다. 자신이 원하는 것이 무엇인지 정확히 알고 있었다고 얘기하며, '와, 이런 사람은 처음 만나본다'라고 생각했다고 한다. 바르셀로나에서 빌리의 공연을 본 로살리나는 트위터에 "네 공연을 보니까 너무 많은 영감이 떠올라"라는 말에 이어 "함께 만든 곡이 빨리 완성됐으면 좋겠다"며 둘 간의 협업을 언급했다.

캘리포니아로 돌아온 빌리 일행은 묘한 기분을 느꼈을 것이다. 가는 나라마다 열광적인 환영을 받고 큰 공연장에서 무대를 펼쳤지만, 어쩌면 그 규모의 열 배 되는 관중을 받을 수 있었는지도 모른다. 빌리의 인기는 하루가 다르게 치솟고 있었다. 힘든 투어 일정을 마쳐 다들 피곤했을 테지만, 그들은 정규 1집 앨범 발매와 세계 투어라는 큰 모험을 앞두고 있었다. 빌리 본인에겐 너무나도 가슴 벅찬 일들이었을 것이다.

12장

남매가 준비한 열네 개의 예술작품

TRACK #01

우리는 잠들면 어디로 가나요?

수년간 기대를 모은 앨범 발매를 앞둔 2019년 3월, 사람들은 SXSW 페스티벌을 다시 찾은 빌리에게 열광했다. 오스틴의 우버이츠하우스에서 빌리는 페스티벌의 하이라이트를 장식했다. 그곳은 다름 아닌 2년 전, 피니어스와 함께 야외 식당 공연을 했던 바로 그 장소였다. 음악계의 유명 인사들이 참석하는, 21세 이상만 입장이 가능한 소규모의 공연이었다. "여러분 다 21살 넘은 걸로 알고 있는데, 어떻게 뛰는지 안 까먹었죠?" 빌리가 관객들을 도발했다. 그 말에 상대적으로 나이가 많은 빌리의 팬들은 자신들도 어린 관객들 못지않게 소리칠 수 있고 가사도 많이 알고 있음을 증명해 보였다. 공연은 점점 진화하고 있었다. 빌리는 초반부터 관객을 조련하는 방법을 완벽하게 터득했다. 격렬한 조명 시스템은 분위기를 더더욱 끌어 올려 흥분감을 더했다. 거기에 새롭게 추가된 거대 스크린에는 빌리가 노래하는 동안 고화질의 영상이 재생됐다.

빌리는 자신의 음악과 공연에서 시각적인 요소를 늘 가장 중요하게 생각했다. 이제는 생각한 바를 표현할 수 있는 여건이 갖춰진 데다, 무언가를 시도해볼 기회가 오면 절대 놓치는 법이 없었다. 일본에 갔을 때 빌리는 '놀라운 선지자'라고 불리는 현대 미술가 무라카미 다카시를 만나 컬래버레이션을 했다. 무라카미의 애니메이션이 빌리의 생기 넘치는 상상력을 만난 지 8개월 후, 그 작업의 결과로 '유 슈드 시 미 인 어 크라운'의 두 번째 공식 뮤직비디오가 탄생했다(빌리의 입에서 거미가 나오는 게 첫 번째 버전이다). 형광색이 주를 이루는 이 애니메이션은 무대에서 공연하는 빌리의 움직임으로 시작해 기괴한 괴물과 거대 거미가 등장하는 우리에게 친숙한 악몽 같은 시나리오로 이어진다. 이 뮤직비디오에는 빌리의 블로시 형상과 무라카미 특유의 형형색색 꽃들이 모두 등장해 보는 재미를 더한다. 살아 움직이는 듯한 빌리의 애니메이션 캐릭터와 생명력 넘치는 장면들을 통해 시청자는 빌리의 상상력과 무라카미의 재능을 생생하게 느낄 수 있다.

1집 발매 하루 전인 3월 23일, 빌리는 미국 토크쇼 〈지미 키멀 라이브!〉에 출연해 '베리 어 프렌드'를 불렀다. 이번에도 빌리는 꾸준히 자신의 노래를 들어온 관객들 앞이 아니어도 얼마든지 멋진 무대를 선사할 수 있음을 보여줬다. 심야 토크쇼 시청자들은 짧지만 강렬한 무대에 매료됐다. 흐르는 피처럼 늘어진 털실로 'DIE(죽어)'라고 적힌 검은색 상의와 비슷한 질감으로 눈물을 흘리는 듯한 '스마일 얼굴'이 들어간 반바지를 입고 등장한 빌리는 도입부부터 방방 뛰며 무대를 휘젓고 다녔다. 무대 한쪽에 놓인 흰 침대 주위로 드라이아이스가 피어오르는 연출은 으스스한 분위기를 자아냈다. 노래 중간 부분에 이르자 빌리 뒤로 천이 둘러졌다. 막 뒤에서 연주하는 피니어스와 앤드류의 실루엣이 보였지만, 괴물 형체가 등장하자 두 사람은 사라지고 말았다. 볼거리가 많은 무대를 선보인 뒤, 빌리는 앨범 타이틀을 열정적으로 외치며 노래를 마쳤다. 새로운 인생이 시작되기 전 마지막 무대는 그렇게 막을 내렸다.

'베리 어 프렌드'는 앨범이 출시되기 불과 몇 시간을 앞두고 공연하기에 더할 나위 없이 좋은 곡이었다. 이 곡은 콘셉트와 시각적인 면이 잘 부각 되는 동시에, 자신의 작업을 인지해주길 바라는 빌리의 바람이 엿보인다. '베리 어 프렌드'라는 곡은 3년에 걸친 앨범 작업에 하나의 질문을 던졌다. 빌리는 앨범에 있는 모든 곡이 '우리는 잠들면 어디로 가나요?'라는 질문을 던진다고 말했다. 이 앨범에 실린 다수의 곡은 악몽, 초현실적인 꿈, 혹은 가위눌림 현상에 대한 생각에서 발전됐다. 빌리는 다섯 번 가위에 눌려봤다고 한다.

TRACK #02

만개한 꽃, 배드 가이

수록곡은 개별적으로도 경쟁력이 있는 동시에 시너지 효과가 있는지, 잘 맞물리는지를 고려해 선택됐다. 빌리는 수록곡들이 '열네 개의 예술 작품'이라고 디제이 애니 맥에게 설명하는가 하면, 〈타이덜〉 매거진과의 인터뷰에서는 이 앨범을 단일 작품으로 받아들여도 좋다고 얘기했다. 음악적으로는 장르를 넘나들지만, 가사를 보면 비록 주제와 관점은 바뀌어도 진정성과 어둠이라는 전체를 관통하는 감성을 찾아볼 수 있다.

수록곡을 만든 과정을 이야기하는 빌리와 피니어스에게서 엄청난 자부심이 느껴졌다(믿기 어렵겠지만 이 앨범 또한 방구석 스튜디오에서 탄생했다). 17세와 21세라는 나이가 무색할 정도로 엄청난 성과였다. 빌리는 앨범 출시 전날 진행된 〈지미 키멀 라이브〉 녹화 당시 동요하는 모습을 보였고 팀원 중 한 명은 앨범 출시를 미뤄야 하는 게 아니냐는 이야기를 하기도 했다. 빌리와 피니어스에겐 낳고 기른 자식 같은 앨범인데, 그것을 세상에 내놓아 평가받아야 하는 심정이 어떨지는 미루어 짐작할 수 있을 것이다.

'웬 위 올 폴 어슬립, 웨어 두 위 고?'에는 '유 슈드 시 미 인 어 크라운', '위시 유 워 게이', '웬 더 파티스 오버', '베리 어 프렌드' 등 네 개의 싱글이 수록돼 있다. 열성적인 팬이라면 그 곡들뿐만 아니라 라이브에서 자주 선보인 '8'의 초기 버전이나 '리슨 비포 아이 고'를 이미 들어봤을 것이다. 이 곡들을 제외하면 8개의 신곡이 남는다. 첫 번째 트랙 '!!!!!!!'은 고작 14초밖에 안 되니 7곡으로 볼 수도 있겠다. 이 트랙은 나중에 추가됐다. 앨범을 완성한 피니어스와 빌리는 전반적으로 어두운 분위기를 상쇄할 무언가가 필요하다고 느꼈다. 이 트랙은 빌리가 노래하기 전에 인비절라인(투명 치아 교정기)을 빼면서 나누는 짧은 대화다. 남매는 래퍼 릴 웨인의 곡 앞에 들어가는 라이터 켜는 소리처럼 교정기 빼는 소리를 빌리의 시그니처 사운드로 사용하면 어떻겠냐며 농담을 주고받곤 했다.

'배드 가이bad guy'는 다른 곡들이 나오기 전부터 앨범 첫 트랙으로 정해져 있었다. 그 이유는 명백하다. 이전 곡들에서 팝 천재의 씨앗을 보여줬다면, '배드 가이'는 만개한 꽃이라 할 수 있다. 피니어스의 프로듀싱은 간소하며 샘플링 및 전반적인 소리에 관련해 놀라운 장악력을 보여준다. 빌리의 목소리는 달콤함, 비아냥거림, 위협적인 태도를 부드럽게 넘나든다. 간단한 비트와 손가락 튕기는 소리로 보강된 워킹 베이스라인은 시작부터 강한 전염성을 풍기며 가사가 없음에도 따라부르기 좋은 후렴구로 이어진다. '베리 어 프렌드'의 성공 이후 피니어스는 그런 식으로 노래의 구조를 파괴하는 걸 아무도 문제 삼지 않는다면 앞으로 뭐든지 할 수 있겠다고 말했다. 그 말대로 이 곡에서 보컬이 빠진 후렴구를 넣은 것은 물론, 노래를 40초 남겨놓고 템포, 멜로디, 분위기가 전혀 다른 구간을 등장시키며 사실상 다른 곡으로 트랙을 마쳤다.

빌리가 쓴 '배드 가이'의 가사는 매력적이고 위트가 넘치며 따라 부르기를 유도하는 동시에 장난기와 추파, 냉소와 잔인함을 오가며 거친 남성상을 영리하게 비웃는다. 후렴구로 넘어가기 직전에는 연이은 라임을 쏟아낸 뒤, '더(duh)'라는 말로 자신이 시작한 언쟁을 멋지게 마무리 짓는다. '배드 가이'는 타인의 눈을 의식해 만들어낸 사회적 허상을 비판하는, 재미있는 동시에 정곡을 찌르는 3분짜리 곡이다.

다음 곡은 '재니xanny'다. 빌리가 늘 자신의 직접적인 경험을 바탕으로, 혹은 자신의 관점으로 곡을 쓰는 것은 아니지만, 이 곡은 마약, 담배, 술에 손을 대는 자신의 친구들에 관한 곡임을 분명히 밝혔다. 빌리는 관조자의 시점에서 이러한 습관들은 이기적이고 비이성적이며, 지루한 데다 삶을 망친다고(재미와 건강의 측면 모두) 설명한다. 이 곡의 절과 후렴은 확연히 차이가 드러난다. 후렴에는 듣는 이를 불안하게 하는 왜곡 효과가 들어간 반면, 절은 간지럼을 태우는 듯한 피아노 소리와 끈적거리는 보컬이 주를 이뤄 연기 자욱한 재즈클럽과 엘라 피츠제럴드의 흥얼거림을 연상케 한다. 빌리의 유튜브 채널에 있는 '빌리의 마음 들여다보기(A Snippet into Billie's Mind)'라는 제목의 짧은 영상 시리즈가 있다. 자신의 곡에 관련된 일화를 들려주는 이 영상에서 빌리는 '절에서 연기가 어떻게 보이는지를 표현했다면 후렴은 연기가 어떻게 느껴지는지를 표현했다'고 설명한다.

'유 슈드 시 미 인 어 크라운'에 이어지는 '올 더 굿 걸스 고 투 헬all the good girls go to hell'은 피아노 기반으로 작곡됐으며, 팝의 범주에 드는 업템포의 곡이다. 빌리의 달콤한 멜로디라인은 읊조리는 듯한 스스로의 목소리를 방해하듯 덮어버리고, 도입부에서는 이성을 잃고 폭발할 것 같은 느낌을 풍기지만 끝내 절제된 쪽에서 선을 넘어가지 않는다. 흥미롭고 모호한 가사로 가득 찬 이 노래는 인간이 지구를 파괴해 스스로를 파멸시키면서 악마를 대신해 신의 적으로 거듭남을 암시한다. 불타는 언덕, 수면 상승, 사라지는 녹지, 오염된 물과 공기의 이미지는 기후 변화라는 주제를 강렬하게 표현한다.

TRACK #03

일로밀로, 새로운 정체성

'위시 유 워 게이'와 '웬 더 파티스 오버'를 지나 앨범 중반을 넘으면 수록곡 중 가장 오래된 곡인 '8'에 도달한다. 2017년 8월, 이 곡은 라이브스트림에서 '시 스루'라는 이름으로 처음 알려졌다. 빌리와 피니어스는 그 제목이 마음에 들지 않았는지 '8'이라는 제목을 붙였다. 이유는 앨범의 여덟 번째 곡이기 때문이다('!!!!!!!'이 추가되기 전까지는 제목이 '7'이었다). 빌리는 자신이 이별을 고한 이의 관점에서 가사를 썼고, 피니어스의 손길을 거쳐 노래가 완성됐다. 피니어스는 빌리의 목소리와 우쿨렐레 소리의 재생 속도를 올림으로써 라이브스트림에서 선보였던 날것 느낌의 곡에 활기를 불어넣었고 변덕스러운 느낌을 더했다.

'베리 어 프렌드'의 앞뒤에 포진한 '마이 스트레인지 어딕션my strange addiction'과 '일로밀로ilomilo'에서 빌리는 Z세대로서의 정체성을 드러낸다. '마이 스트레인지 어딕션'에서는 맛깔나는 베이스기타 음역의 비트가 분위기를 형성하며, 70년대 디스코 느낌의 후렴으로 이어진다. 피니어스가 쓴 이 곡은 사람에 대한 중독을 주제로 다루지만, 빌리는 자신이 좋아하는 코미디 드라마 〈오피스〉'의 대사를 삽입해 자신의 입맛에 맞게 의미를 바꾸어 놓았다. 드라마 작가와 출연 배우의 동의가 필요했는데, 드라마의 작가 겸 배우인 비제이 노박은 "와, 이 노래 대박 나겠다!"라며 기꺼이 허락했다. 전혀 다른 느낌의 곡인 '일로밀로'는 10대 팬들이 공감할 만한 가사를 담고 있다. 일로밀로는 귀엽고 아기자기한 비디오 게임의 제목으로, 플레이어는 서로를 찾지 못할까 봐 두려워하는 두 캐릭터를 재결합시켜야 한다. 빌리는 이 주제를 발전시켜 사랑을 잃는 두려움을 곡에 투영했다. 맥박 뛰듯 끊임없이 이어지는 비트, 어디로 튈지 모르는 음들(더불어 에코 효과로 울리는 게임 효과음), 거기에 끝까지 긴장감을 유지한 보컬이 더해져 흥미롭고 매력적인 곡이 탄생했다. 단지 곡 수를 채우려고 넣었다는 생각은 절대 들지 않으며, 빌리는 이따금 가장 좋아하는 자신의 곡으로

'일로밀로'를 꼽는다.

다음 트랙으로 고려됐던 '아이 돈 노, 아이 저스트 위시 아이 워슨트 브리싱i don't know, i just wish i wasn't breathing'은 완성되지 않아 앨범에 포함되지 않았지만, 그 정서는 이후에 나오는 곡에 녹아 들어있다. 이어지는 세 곡인 '리슨 비포 아이 고', '아이 러브 유I Love You', '굿바이Good Bye'의 제목은 연이어 읽었을 때 자연스럽게 말처럼 이어진다. 신곡 중에 '아이 러브 유'를 들어보면 빌리와 피니어스가 전통적인 발라드도 얼마든지 쓸 수 있다는 걸 알 수 있다. 부드러운 어쿠스틱 기타 소리에 녹아든 사랑의 시도와 실패에 관한 가사는 능숙하고 시적이며(레너드 코언의 '할렐루야'를 연상케 하는 후렴 부분과 더불어), 다른 곡에서는 좀처럼 느끼기 힘든 빌리의 부드러운 목소리가 돋보인다.

빌리는 MTV 뉴스와의 인터뷰에서 "앨범 마지막 곡까지 다 들었을 때 끝났다는 느낌이 들지 않으면 별로더라고요"라고 말했다. 마지막 곡이 확실하게 마침표를 찍어주길 원했던 빌리는 '재니'에 나오는 백 보컬 중 "나를 그냥 두지 마요"라는 가사를 고르는 것으로 시작해 앨범에 수록된 모든 곡에서 가사를 한 줄씩 골랐다. 가사를 취한 순서는 제일 나중에 나오는 곡에서 첫 곡으로 거슬러 올라간다. "제일 위까지 거슬러 올라가면 가라앉는 느낌이 들며 작별하는 기분이 들죠. '고이 잠드소서'처럼 느껴지기도 해요." 빌리가 덧붙였다. 이 사실을 깨닫지 못하더라도 이 2분짜리 곡은 그 자체로 훌륭하며 자장가 같은 분위기를 낸다. 그런데 늘 그렇듯 빌리는 이마저도 "아임 더 배드 가이"라는 마지막 가사로 분위기를 뒤집는다.

TRACK #04

"넌 혼자가 아니야"

빌리는 한 인터뷰에서 "제 음악에서 가장 중요한 건 위로예요. '어떤 기분인지 알아. 넌 혼자가 아니야'라는 말을 노래로 해주는 거죠"라고 말했다.

언론은 거의 만장일치로 이 앨범을 칭찬했다. 특히 빌리의 가사가 10대들의 감성, 나아가 Z세대와 밀레니얼 세대의 세상을 바라보는 태도를 잘 보여줌을 강조했다. 응집력 있는 작품을 만들어 내는 빌리와 피니어스의 단합심, 장르와 장르 사이를 오가는 능력에도 주목했다. 방구석과 호텔 객실에서 녹음한 점을 언급하며, 이 앨범이 대중음악의 경계를 허물었다고 극찬하는 평론가도 있었다.

빌리의 공감각

Billie and synaesthesia

공감각은 한가지 감각과 다른 감각이 섞인 것을 뜻한다. 가령 냄새와 색깔과 연관 짓거나 촉감과 시각을 연관 짓는 것을 말한다. 작가나 시인들이 자주 사용하는 기법인데, 자신도 모르게 계속해서 이런 식으로 생각하는 사람들도 있다. 연관을 짓는 대상은 사람과 숫자, 꿀의 맛과 특정 노래 등 무작위일 수 있지만, 한번 연관 지어진 것은 영원히 기억된다. 즉, 특정 인물을 보면 늘 같은 숫자가 연상되고, 특정 노래를 들으면 꿀이 연상되는 식이다.

빌리와 피니어스는 둘 다 공감각적으로 사고한다. 빌리는 자신이 아는 모든 사람이 저마다의 숫자로 기억되어 있음은 물론이고, 각자의 색깔과 모양도 있다고 말했다. 이는 곡을 만들 때 시각적인 접근을 하는 빌리의 성향을 설명해준다. 유튜브의 한 영상에서 "무언가를 만들면 그것에 관련된 색깔, 질감을 이미 생각하고 있어요. 요일, 숫자, 모양과도 연관 지어요"라고 말했다. '배드 가이'는 노란 동시에 빨간색이며, 숫자 7과 관련이 있고,

뜨겁지만 따듯한 것이 오븐과 비슷하며 쿠키 냄새가 난다고 설명했다. '재니'는 벨벳처럼 부드러운 촉감에 연기의 느낌이 난다고 말했다.

앨범 발매와 비슷한 시기에 LA에서 열린 '빌리 아일리시 익스피어리언스'는 팬들에게 특별한 경험을 제공했다. 앨범 수록곡마다 방을 배정해 빌리의 시각으로 그 곡을 느끼게 하는 것이 전시의 목적이었다. 각각의 방은 온도가 다르게 설정됐고, 곡에 해당하는 숫자, 색깔, 모양, 질감, 냄새가 표현됐다. '배드 가이' 방에는 쿠키 반죽과 비건 우유로 만들어진 트랙을 도는 경주용 자동차 장난감이 비치되는가 하면, '8' 방에서는 강아지들이 관람객을 맞이했고, 연기 자욱한 '재니' 방에는 불쾌한 베이스 음이 고동쳤다.

13장

축제의 한가운데서 발견한 빛

TRACK #01

방구석에서 전 세계로

빌리의 '배드 가이' 뮤직비디오는 많은 이를 놀라게 했다. 전에도 기이한 시도는 많이 했지만, 그 강도는 점차 세지고 있었다. 영상은 원곡과 마찬가지로 해학적이고 자조적이며, 통렬하기는 하나 보는 이를 불편하게 하지는 않았다. 뮤직비디오는 24시간 만에 750만 뷰를 달성했고, 첫 주에 3,500만에 도달했다.

감독은 테일러 스위프트, 아리아나 그란데, 케이티 페리, 트래비스 스콧과 작업한 경력이 있는 데이브 메이어스가 맡았다. 켄드릭 라마의 '험블'과 미시 엘리엇의 '루스 컨트롤Lose Control'로 그래미를 수상한 메이어스는 그야말로 업계 최고로 꼽히며, 그해에 빌리와 작업하기에 앞서 숀 멘데스와 카밀라 카베요의 '세뇨리따 Señorita'를 연출했었다. 이 감독은 아티스트의 개성을 잘 포착하는 것으로 특히나 잘 알려져 있다.

'배드 가이' 뮤직비디오에는 메이어의 대담한 색채 사용과 형상화, 배경막에 대한 애정과 더불어 빌리의 상상력과 시각적 창의성도 드러난다. 두 사람은 다양한 기성 형식들을 너무나도 능숙하게 하나로 이어 붙여 작품을 탄생시켰다. 요란하게 노란 벽지를 뚫고 등장하는 장면, 세발자전거를 타고 내리막을 질주하는 빌리의 패거리, 붉은 사막을 배경으로 남자의 입에 우유를 들이붓는 모습, 얼굴이 피범벅이 된 채 무심하게 노래하는 모습, 팔굽혀펴기하는 남자 등에 책상다리를 하고 앉아있는 장면 등 인상적인 장면이 너무나도 많지만, 뭐니 뭐니해도 가장 기이한 건 비닐봉지에 담겨 있는 얼굴들이다.

뮤직비디오에 힘입어 '배드 가이'는 호주, 아이슬란드를 포함한 12개국에서 차트 1위를 차지했고, 영국, 일본, 브라질 등 수많은 나라에서 탑 10에 들었다. 미국에서는 9주 동안 2위에 머물다가 결국 릴 나스 엑스의 '올드 타운 로드 Old Town Road'를 제치고 1위를 차지했다. 릴 나스 엑스는 트위터로 빌리에게 축하의 말을 전했다. 이로써 빌리는 21세기에 태어난 아티스트로는 처음으로 빌보드 핫 100에서 1위를 차지한 것으로 기록됐다.

수록곡이 인기를 끌자 '웬 위 올 폴 어슬립, 웨어 두 위 고?' 앨범도 성공 가도를 달렸다. 영국에서 빌리는 앨범 차트 1위를 차지한 최연소 여자 가수로 기록됐으며, 앨범은 곧장 빌보드 200에서 1위를 차지했다(이후에 내려갔다 정상으로 복귀하길 두 번 반복했다). 〈포브스〉는 앨범에 수록된 열네 곡이 발매 7일 만에 도합 1억 9,400만 스트림을 기록했다고 추론했다. 빌리와 피니어스로서는 꿈에도 상상하지 못했던 일이 벌어진 것이다. 방구석에서 녹음한 앨범으로 남매는 드레이크, 아리아나, 카디 비와 동급이 됐다.

TRACK #02

코첼라 페스티벌, 왕관을 쓰다

팝의 새로운 여왕이 된 빌리에겐 그에 맞는 대관식이 필요했다. 세계에서 가장 유명한 음악 축제인 코첼라 페스티벌은 그러기에 더할 나위 없이 적절한 곳이었다. 4월의 연이은 두 주말 동안 약 10만 명의 관객이 최대 규모의 팝, 록, 댄스 음악 공연을 보기 위해 캘리포니아의 콜로라도 사막에서 열리는 페스티벌에 몰려든다. 빌리는 축제 장소에서 자동차로 두 시간 거리에서 자랐지만, 표가 너무 비싸서 한 번도 가본 적이 없었다. 불과 1년 전만 하더라도 빌리는 자신이 이 축제에서 공연할 만큼 성공할 줄은 몰랐다. 그런데 어느새 차트 1위를 차지한 가수이자 출연자 명단에서 가장 기대되는 이름이 된 것이다.

이처럼 유명세를 얻은 빌리는 두 번째로 큰 공연장인 아웃도어 시어터에 서게 됐다. 공연장 입구는 이 10대 스타의 무엇이 그처럼 특별한지 두 눈으로 직접 확인하러 온 사람들로 발 디딜 틈이 없었고, 심지어 VIP 외 출입 금지 구역까지 들어온 사람들도 많았다. 대형 스크린에 기술적인 문제가 생겨서 빌리의 등장은 조금 지연됐다. 긴장감은 고조됐고 사람들은 빌리의 이름을 외치기 시작했다. 일부 관객은 30분이 지나자 불만을 토로하며 자리를 떴지만, 5분 후 화면이 작동하자 황급히 돌아왔다. 으스스한 분위기의 실루엣과 괴상한 이미지들이 화면에 나타나더니 머지않아 실제 빌리의 모습으로 바뀌었다. 사이베리아 힐스 후드 티, 종아리까지 내려오는 헐렁한 반바지, 양말과 목이 올라온 운동화 모두 하얀색이었고, 머리는 어두운색으로 바뀌어 있었다.

그 후 한 시간 동안 빌리는 축제를 온전히 자신의 것으로 만들었다. 라이브로는 처음 선보이는 '배드 가이'가 공연의 시작을 알리며 울려 퍼지자 관중들은 한 몸이 된 듯 위아래로 뛰며 팔을 흔들었다. 이따금 빌리의 목소리는 사람들의 떼창에 묻혀버리기도 했다. 이어지는 '마이 스트레인지 어딕션'에서는 블로시의 이미지가 화면을 채웠고, '올 더 굿 걸스 고 투 헬'과 '일로밀로'가 라이브 무대 신고식을 치르자 관객들은 숨죽인 채 들었다. 앨범이 나온 지 2주밖에 안 됐지만, 가사를 전부 외운 사람도 많았다. 빌리는 그런 관중을 능숙하게 통솔했다. 빌리가 뛰면 관객들도 뛰었고 발라드를 부를 땐 함께 몰입해서 따라 불렀다. 침대에 누운 채 경련하는 댄서들이나 공중부양하는 침대에 기이한 모습으로 서서 '베리 어 프렌드'를 부르는 빌리를 봤을 때 관객들은 예상치 못한 무대 연출에 감탄하기도 했다.

'올 더 굿 걸스 고 투 헬'의 2절을 부르던 빌리는 순간 가사가 생각나지 않았다. 하지만 이내 능숙하게 대처하는 모습에 팬들은 더더욱 빌리를 좋아하게 됐다. '&번'을 함께 부르던 빈스 스테이플의 마이크가 작동하지 않았을 때도 별일 아닌 듯 자연스럽게 넘어갔다. 카일리 제너, 트래비스 스콧, 파이브 세컨즈 오브 서머의 멤버들, 케이티 페리, 레이디 가가 등 빌리의 팬이 된 유명 연예인들은 따로 마련된 객실에서 화면으로 공연을 관람했다. TV로 시청한 브루노 마스는 트위터에 "@billieeilish 라이브 영상 보는 중인데 정말 죽인다! 17살이 저런 바이브를? 헐"이라고 적었다. 2018년 코첼라 페스티벌 당시 기자들은 비욘세의 앞글자 'Bey'를 넣어 '베이첼라'라는 말을 쓰곤 했는데, 이제는 이 축제를 '빌리첼라'라고 부르는 팬들이 생기기 시작했다.

그다음 주말에 있었던 공연도 폭발적이었다. 이번엔 저스틴 비버와 헤일리 비버 부부, 제이든 스미스, 블랙핑크의 멤버들이 공연을 관람했다. 바람이 세게 불어서 공중부양하는 침대는 사용하지 못했지만 공연은 폭발적이었다. 뉴욕주 기반의 브랜드인 본드의 형광 '조커' 티셔츠(머지않아 빌리의 상징처럼 되어버린다)를 포함, 이날의 무대 의상은 모두 검은색이었다. 코첼라 페스티벌의 헤드라인을 장식하고 매우 성공적인 공연을 펼쳤다는 것은 빌리에게 엄청난 의미였다. 경험 많은 베테랑 가수처럼 온전히 자신의 페이스로 공연을 이끌었지만, 이따금 자신의 엄청난 업적을 자각하며 열일곱 소녀로서의 모습을 보이기도 했다. 한번은 목청껏 사랑을 표출하는 팬들에게 "이런 걸 너무 느껴보고 싶어서 내 방에 앉아서 운 적도 있어요"라고 말했다. 이후 눈물을 훔치며 빌리가 말했다. "남은 삶 동안 이 무대에 계속해서 설 수 있다면 그렇게 할게요. 영원히." 그리고 이렇게 덧붙였다. "내가 여기 없는 것 같아요. 진짜가 아닌 것 같아."

저스틴 비버

Justin Bieber

"직접 봤어요(비버를). 어떻게 생겼는지 알고 있었으니까. 그 특유의 몸짓을 알아요. 어떻게 서 있는지. 바지를 어디쯤에 걸치는지도." 제임스 코든이 진행하는 토크쇼의 코너 〈카풀 가라오케〉에 출연했을 때 빌리가 말했다. "스윽 봤는데 거기 서 있는 거예요. 2미터도 안 되는 거리에요. 꼼짝도 안 하고 서 있더라고요. 얼굴에 팩을 하고 있어서 눈밖에 안 보였어요." 빌리는 코첼라에서 자신이 동경하는 스타 저스틴 비버를 만난 순간을 회상했다.

빌리는 자신이 한때 비버의 열렬한 팬이었음을 감추지 않았다. '오션 아이즈'가 나오기 얼마 전에도 빌리의 방은 비버의 포스터로 도배돼 있고, 문에는 '포에버 빌리버(Forever Belieber) 빌리의 방'이라고 쓰인 표지판이 걸려있었다. 12살 때 찍은 영상에는 저스틴을 너무 사랑해서 나중에 남자친구가 생겨도 같이 있고 싶지 않으면 어쩌냐며 걱정하는 모습이 담겨있다.

2019년 3월, 비버가 자신의 SNS 계정을 팔로우하기 시작했다고 빌리가 밝히며 두 스타의 행동반경은 조금 더 가까워졌다. 이때 빌리는 2014년 당시 엘렌 드제너러스 쇼 출연을 앞두고 비버에게 보낸 메시지를 캡처해서 올렸다. 방송에서 빌리는 여전히 비버가 자신에게는 큰 의미라고 말했으며, 깜짝 손님으로 나오진 않을까 긴장한 모습을 보이기도 했다. 당시 비버는 출연하지 않았지만, 2019년 캘리포니아의 사막에서 두 사람은 오래 떨어진 친구가 만난 듯 포옹을 나눴다. 이날 둘은 엔싱크와 아리아나 그란데의 무대를 관람하며 함께 춤췄다.

이제 둘은 친한 친구가 됐다. 비버가 '배드 가이'의 리믹스 버전을 내놓자 이를 기념하기 위해 빌리는 12살 때 무지개색 발레복을 입고 포스터로 도배된 벽 앞에서 찍은 사진을 공유했다. 이 리믹스 버전은 원곡 이상의 강렬함을 보여주진 못했지만, 팬들에게 신선한 재미를 선사했고 꽤 많이 판매됐다.

둘의 우정은 2020년 2월에 비버가 비츠 1 라디오에 출연하면서 다시 한번 언론의 주목을 받았다. 이날 비버는 눈물을 흘리며 스타로서 10대를 보낸 당시의 어려움을 털어놓았고, 빌리가 그 전철을 밟지 않도록 돕고 싶다고 말했다. "내가 필요하면 말해요. 언제든 여기에서 기다릴 테니까." 비버가 라디오에서 말했다. 빌리는 이 영상을 공유했고 비버 부부는 고마움을 표시했다. 이렇게 그들의 우정은 더욱 끈끈해졌다.

TRACK #03

그해 여름은 온전히 빌리의 것

'웬 위 올 폴 어슬립' 월드 투어 길에 오른 빌리는 전 세계에 있는 경기장과 페스티벌을 순회하며 코첼라에서와 같은 열광적인 무대를 선보일 예정이었다. 첫 단추를 뀐 곳은 뉴질랜드 오클랜드의 스파크 아레나였다. 빌리와 피니어스는 라이브 무대에서 처음으로 '아이 러브 유'를 선보였다. 어쿠스틱 편곡으로 간소화된 버전이어서 더욱 섬세하게 감정이 전달됐다. 관중들은 따라부르거나 소리치는 것을 멈추고 약 1분 동안 노래에 온전히 빠져들었다.

투어는 호주로 이어졌다. 오프닝 무대는 빌리의 친구인 덴젤 커리가 주로 맡았고, 이따금 피니어스가 대신할 때도 있었다. 빌리는 대도시의 경기장, 그루빈 더 무 페스티벌 등 전국을 순회하며 매번 수천 명의 관중 앞에서 노래했다. 5, 6월에는 북미로 돌아와 이전에 섰던 무대의 다섯 배는 더 큰 규모의 공연장에서 노래했다. 1만 6,000명이 들어가는 토론토의 버드와이저 스테이지, 필라델피아의 메트로폴리탄 오페라 하우스, 콜로라도의 레드 록스 원형경기장과 같은 야외 공연장, 혹은 그 어디를 가든 빌리는 관객과 친밀한 유대감을 빚어냈다. 빌리는 팬들이 가까이 모여들어 모싱을 할 수 있도록 무대 앞쪽에 있는 사진사들을 몰아내는 것으로 유명하다. 때로는 관객이 노래하도록 유도하기도 했고, '카피캣'의 브리지 파트에서는 관객들에게 쪼그려 앉으라고 유도한 뒤('더 낮게, 더 낮게, 더 낮게'라고 소리치며) 광적으로 뛰어오르게 했다. 발라드를 부를 땐 핸드폰을 내려놓고 이 순간을 만끽해보라고 간청하기도 했고, 서로의 손을 잡고 '사랑해'라고 말해보라고 권하기도 했다.

그해 여름은 온전히 빌리의 것이었다. 라디오에도 출연했고, 계속해서 온라인 인터뷰에 응했으며, 수많은 잡지의 표지에 실렸다. 미국의 〈빌보드〉, 호주의 〈보그〉, 영국의 〈선데이 타임즈 매거진〉, 일본의 〈로킨온〉, 네덜란드의 〈글래머〉, 러시아의 〈엘르 걸〉 등 수많은 잡지의 표지를 장식했는데, 언제나 우아한 모습과 멋진 스타일을 선보였고 독자에게 재미를 선사했다. 그중 독일판 〈나일론〉은 과한 사진을 표지에 실어 논란이 됐다. 미래지향적인 디자인의 표지엔 대머리에 로봇처럼 금속성 느낌의 피부를 한 빌리의 사진이 실렸다. 이에 빌리는 가짜 사진을 사용한 점과 아직 미성년자인 자신이 상의를 입지 않은 것처럼 편집한 잡지사 측에 격한 불만을 표시했다.

2019년 5월, 캘빈 클라인 광고에 출연한 빌리는 자신의 신체상과 관련해 이야기했다. 32번째 광고인 '빌리 아일리시, 진실을 말하다'는 초록색 운동복을 입고 욕실에 있는 빌리의 모습을 담았다. 빌리는 거울을 들여다보기도 하고(자신의 형상에 입을 맞추기도 했다), 옷을 다 입은 채 빈 욕조에 눕기도 하며 "난 세상이 나에 관한 모든 걸 알길 원하지 않아요. 그래서 크고 헐렁한 옷을 입어요. 그래야 사람들이 '말랐는데 몸이 두껍다', '두꺼운 건 아니다', '엉덩이가 크다' 같은 말을 안 하죠. 모르기 때문에 아무도 그런 말을 할 수 없는 거예요."

그 외에도 미국 공익광고협의회의 캠페인인 '불편함을 무릅쓰고(Seize the Awkward)'에 출연해 친구들에게 자신의 정신 건강에 관해 이야기하도록 청소년들에게 권장했다. 빌리는 불안증과 우울증에 관해 능숙하게 이야기하며 친구들이 괜찮은지를 살피

고 도와주라고 충고했고, 단순히 포옹하는 것만으로도 도움이 될 수 있다고 덧붙였다. "제가 직접 보고 경험한 거예요." 빌리는 개인적인 경험을 바탕으로, 다른 사람에게 손을 뻗는 것만으로도 나아질 수 있음을 이야기했다.

영국을 대표하는 축제인 글래스톤베리 페스티벌 측은 코첼라 페스티벌이 그랬듯 빌리의 인기를 과소평가했다. 빌리는 유명한 피라미드 스테이지의 덩치 작은 동생격인 아더 스테이지를 배정받았다. 하지만 주최 측은 빌리의 공연장 주변을 둘러싼 인파가 4만 명을 넘는다는 것을 깨닫고 장소를 변경하기로 했다. 4만 명은 피라미드 스테이지에서 열리는 마일리 사이러스의 공연을 찾은 인파와 비슷한 숫자였다.

BBC가 텔레비전으로 생중계하는 이 콘서트는 어린 팬들에게 빌리의 무대를 볼 좋은 기회를 제공했고, 팬들의 부모와 우연히 채널을 돌리다 보게 된 시청자들은 대체 무엇 때문에 그토록 난리인지 알아볼 수 있었다. 몇몇 기술적인 문제가 있었음에도(그래서 빌리는 자신의 표정이 잔뜩 화나 있었다고 설명한다), 빌리는 오랫동안 많은 이들의 기억에 남을 공연에 자신을 내던졌다. 이날 의상으로는 비틀스의 옐로서브머린 애니메이션에 등장하는 블루미니 캐릭터가 들어간 스텔라 매카트니 디자인의 티셔츠와 반바지를 착용했고, 반다나, 하얀 선글라스, 수술용 마스크, 검은색 근육 테이핑 등의 소품을 곁들였다. 캘리포니아 사막에서 열정적인 무대를 펼쳤던 것처럼, 영국 시골에서 열린 이 축제에서도 빌리는 다시 한번 군중을 흥분시키며 기념비적인 공연을 만들어냈다.

이 무대에서 빌리는 자신이 처음으로 헤드라인을 장식하며 200명 앞에서 공연했던, 런던에서 열렸던 한 축제의 기억을 회상했다. "온 세상이 나를 보고 있는 기분이었어요." 틀린 말이 아니었다. 그렇게 몇 차례 여름이 찾아올 동안 세상은 계속해서 빌리를 주목하고 있었다.

14장

빌리의 오빠 또는 그 이상

TRACK #01

피를 나눈 또 한 사람

2019년 9월 말, 바쁜 일정 중에 2주 동안의 틈이 생겼다. '웬 위 올 폴 어슬립, 웨어 두 위 고?' 앨범으로 유럽의 주요 페스티벌을 모두 돈 빌리 일행에겐 휴식이 필요했다. 그런데 그 누구보다 열심히 일한 어느 팀원은 휴식 대신 다른 일을 계획하고 있었다. 그렇게 빌리의 오빠 피니어스는 이 시기에 자신의 솔로 EP '블러드 하모니 Blood Harmony'를 발매했다.

피니어스는 빌리가 스포트라이트를 받도록 언제든 헌신해왔다. 열성적인 팬들은 곡과 소리를 만들어냄에 있어 피니어스가 얼마나 큰 영향을 끼치는지, 또 동생과 얼마나 환상적인 조화를 이루는지 잘 알고 있었다. 그런데 '웬 위 올 폴 어슬립, 웨어 두 위 고?'의 엄청난 성공으로 인해 좀처럼 자신을 드러내려 하지 않던 빌리의 오빠는 크게 주목받게 됐다.

182센티 정도의 키, 짧은 연갈색 머리(엄마처럼 살짝 붉은빛이 도는), 동생과 같은 날카로운 회청색 눈동자, 잘 손질된 수염이 특징적인 피니어스는 명품 정장을 입었을 때 더더욱 훈훈한 이미지를 풍긴다. 인터뷰에선 동생과 마찬가지로 호감형이고, 재미있고, 시원시원하게 말한다.

분별 있는 오빠인 피니어스는 욕이나 10대들이 쓰는 비속어는 동생보다 덜 쓰지만, 창의력이 가진 힘과 자유를 예찬하는 점은 동생과 비슷하다.

피니어스 역시 음악과 함께 자랐다. 동생과 마찬가지로 가족과 비틀스 노래들을 따라 불렀고, 엄마가 하는 작곡 수업도 참여했으며, 아빠가 만든 믹스테이프를 들었다. 피아노와 기타는 독학으로 익혔고, LA 어린이 합창단에서 노래한 경험도 있다. 원스투워치닷컴과의 인터뷰에서 피니어스는 특유의 위트 넘치는 겸손한 말투로 이렇게 말했다. "여자애한테 잘 보이고 싶어서 아빠한테 존 맥러플린 곡을 연주하는 법을 물었어요. 효과는 없었지만 그 대신 음악에 빠져들었죠."

11살이 된 피니어스는 그린데이라는 밴드를 접하며 열정에 불이 붙었다. 난생처음 가본 콘서트에서 인생이 바뀌는 순간을 경험했다고 그는 설명했다. 그린데이뿐만 아니라 마이 케미컬 로맨스, 스트록스처럼 기타가 들어간 밴드에 영감을 받은 피니어스는 친구들과 함께 자신만의 밴드를 결성했다. '오션 아이즈'가 히트하지 않았다면 지금쯤 슬라이틀리즈가 어떤 위치에 있을지 누가 알겠는가?

빌리와 마찬가지로 피니어스도 곡을 쓰며 창의력을 분출하고 보람을 느꼈다. '오션 아이즈'를 만들기 전에 쓴 곡이 200곡에 달한다고 한다(그 노래들이 결코 세상 밖으로 나올 일은 없을 거라는 맹세를 덧붙였다). 동생이 가수의 길을 걷게 되며 공동 작곡자로서 따라가게 됐지만, 피니어스는 자신의 곡을 쓰는 걸 멈추지 않았다. 남매가 함께 쓰는 곡들은 빌리의 상상력, 언어, 생각을 따라가는 어둡고 별난 빌리 아일리시표 음악이었다. 반면 피니어스 본인의 음악은 그보다는 평범한 쪽에 가깝고 싱어송라이터의 성질을 띠며, 절에서 후렴으로 이어지고 기타나 피아노가 뼈대를 이루는 전통적인 구조의 감성적인 사랑 노래들이 주를 이룬다.

'오션 아이즈'가 처음 세상에 나온 지 아홉 달이 지난 2016년 8월, 빌리가 음반 계약서에 서명하기 며칠 전에 피니어스는 자신의 이름으로 첫 싱글인 '뉴 걸'을 발매했다. 재치 있는 가사와 경쾌한 멜로디가 어우러진 데다 부드러운 목소리가 매력인 팝송이었다. 빌리의 초기 팬들과 음악 블로거들에게 반응이 좋았지만, 피니어스는 스타가 되길 바라지 않았다. 그저 자신의 음악을 세상에 내놓고 싶었을 뿐이다.

1년 후, 처음 뉴질랜드에 모습을 드러낸 빌리는 공연 도중에 피니어스를 소개하고는 무대에서 잠시 물러났다. 피니어스는 곧 출시될 자신의 두 번째 싱글인 부드러운 발라드곡 '아임 인 러브 위드아웃 유'를 불렀고, 이러한 어쿠스틱 카메오 무대는 2017년과 2018년 공연에도 계속됐다. 피니어스는 계속해서 싱글을 발표했는데, 작곡, 연주, 노래는 물론, 코러스까지 직접 녹음했다.

이 곡들은 능숙한 작곡 능력과 풍성한 가창력을 입증해주었다. 피니어스는 마음으로 곡을 쓰고 노래했다. 빌리와 함께 쓴 곡들과 비교했을 때 연애, 사랑, 고통에 대해 비교적 덜 복잡한 가사를 쓴다는 점에서 차이가 있다. 또한 정교하게 만들어지긴 했으나 대담함과 실험성은 적은 편이다.

두 작업의 공통점은 곡에 실린 진정성과 장르를 넘나들고자 하는 의지였다. 가령 어둡고 메아리치는 비트에 맞춰 속삭이듯 부른 '헤븐Heaven'이나 스타카토로 들어간 일렉트로닉 비트와 왜곡 효과가 들어간 여러 겹의 보컬이 인상적인 '랜드마인Landmine'에서는 하이랜드파크에 있는 방구석 스튜디오의 느낌이 물씬 풍긴다. 혹은 피아노가 들어간 발라드 '브레이크 마이 하트 어게인Break My Heart Again', 프랭크 시나트라처럼 중얼대는 느낌의 '할리우드 포에버Hollywood Forever', 싱어송라이터 스타일의 '라이프 무브스 온Life Moves On', '럭 푸셔Luck Pusher'처럼 전혀 다른 분위기의 곡들도 있다.

TRACK #02

로맨틱한 시도

개인적인 경험이 바탕이든, 인간의 마음을 이해하는 것이 바탕이든, 피니어스는 확실히 감성을 건드리는 능력이 있다. '브레이크 마이 하트 어게인'은 줄줄이 나열된 문자 메시지에서 영감을 받아 쓴 짝사랑에 관한 곡이다. '칼리지College'는 헤어진 연인이 올린 씁쓸한 게시물에 대한 반박으로 쓴 곡이며, '레츠 폴 인 러브 포 더 나이트Let's Fall in Love for the Night'는 낭만적인 하룻밤 사랑에 대한 판타지를 다룬 노래이다.

피니어스가 21살이 된 2018년 8월에 이 곡들은 주목받기 시작했다. 한 달 사이 스포티파이와 유튜브 재생을 합친 숫자가 수십 만에 달했다. 빌리와의 연관성 없이도 그만한 관심을 받았을지는 누구도 알 수 없지만, 진심으로 좋아서 피니어스의 노래를 듣는 이들도 있다.

그 어느 팬보다도 피니어스를 좋아하는 이가 있었다. 2018년 10월, 피니어스는 연애를 시작했고, 깊게 사랑에 빠져있음이 명백해 보였다. 여자친구인 클로디아 설레프스키는 주로 뷰티 및 패션에 관련된 영상을 올리는 유명 소셜 미디어 인플루언서로, 유튜브 구독자가 200만 명, 인스타그램 팔로워가 100만 명에 달한다.

사귄 지 몇 달 후에 피니어스는 '클로디아Claudia'라는 제목의 싱글을 발표했다. 부드러운 비트의 생기 넘치는 팝송인 이 곡은 진심 어린 가사로 여자친구가 자신에게 미치는 영향을 노래한다. 이후 알려진 바로는 두 사람이 처음 만난 날 1절 가사를 써서 클로디아에게 보냈다고 한다. 이렇게 로맨틱한 면이 있을 줄이야! 싱글 발매일이 다가오자 피니어스는 트위터에 "이 사람이구나 하고 아는 순간"이라고 썼고, 클로디아는 이런 감정 표현을 매우 좋아했다. 클로디아는 장미 송이로 떨어지는 천사 이미지의 싱글 앨범의 아트 워크를 직접 제작했다. 이 테마는 애니메이션으로 만들어져 뮤직비디오에도 사용됐다.

2019년에 피니어스는 종종 자신이 헤드라인으로 들어간 무대에 서기도 했다. 늘 빌리와 함께 무대에 오르는 데에 익숙해져서인지 혼자 관객을 만나려니 주눅이 들었다. NME와의 인터뷰에서 피니어스는 빌리, 앤드루와 함께 무대에 서는 건 마냥 재미있고 전혀 부담이 없었지만, 혼자 서는 무대는 전혀 달랐다고 말했다. "땀 범벅이 됐어요. 정장을 입고 있었는데 내 다리에 걸려서 넘어질 뻔했죠. 긴장돼서 미치는 줄 알았어요."

처음으로 매진을 기록한 피니어스의 헤드라이너 공연은 뉴욕 브루클린의 베이비스 올 라이트에서 열렸다. 우연히도 동생이 뉴욕에서 처음 헤드라인으로 섰던 공연과 같은 장소다. 공연도 그때와 크게 다르지 않았다. 피니어스가 등장하자 환호성이 터져 나왔고, 빌리 아일리시의 공연에서 늘 그랬던 것처럼 노래를 따라부르는 팬들이 많이 있었다. 이후 빌리의 '1 바이 1' 투어 오프닝 무대에 누구를 세울지는 고민할 필요도 없게 됐다. 이미 투어 길에 오르기도 전에 몸을 다 푼 셈이었다.

모든 걸 갖춘 녹음 스튜디오에서 일하는 호사를 누려본 적이 없었기에 피니어스는 방구석 스튜디오에 있는 장비를 몽땅 꾸려 투어에 들고 다니는 것에 별다른 문제를 못 느꼈다. 빌리가 전문 스태프들의 도움을 받게 되자 그만큼 자신의 곡을 쓸 시간이 많아졌다. 집에 있을 땐 집중을 흩트리는 것들이 많았기 때문에 오히려 투어 당시에 더 작업이 잘 됐다고 한다. 피니어스는 베를린, 더블린, 텍사스, 도쿄를 전전하며 분장실과 호텔 객실에서 작업에 몰두했고, 어떨 땐 공연이 끝나자마자 바로 신곡 작업을 하러 가기도 했다.

페스티벌들이 한창 절정에 이른 2019년 여름, 피니어스는 '블러드 하모니' 앨범을 만들고 있었다. 그중 몇 곡은 앨범 발매 예정인 10월이 되기 수개월 전에 싱글로 출시됐다. 피니어스가 직접 운영하는 오이오이 레이블에서 제작하고 AWAL이 배포하는 이 앨범은 진정한 의미의 인디 프로덕션이라 할 수 있으며, 레코드판으로도 출시됐다. 물론 인디 음악이라고는 하지만 완성도가 높고, 상업성이 있으며, 팝의 범주 안에 그 뿌리를 두고 있다.

'블러드 하모니'의 수록곡들은 2018년의 싱글 곡들이 그랬듯 멜로디가 중심이 되며, 감정이 풍부한 피니어스의 목소리와 서정적인 가사가 특징적이다. 빌리의 음악에서 신시사이저, 펄스 및 각종 효과가 전체적인 분위기를 형성했다면 피니어스의 음악에서는 부수적인 역할로 쓰이며, 대신 아름답게 빚어진 기타와 피아노 중심의 악기 편성, 부드러운 비트와 박수 소리가 그 자리를 채운다.

특유의 고뇌 섞인 목소리와 시적인 은유로 가득한 가사들은 발라드와 미드 템포 곡에서 진가를 발휘한다. 피니어스는 그것이 좋은 경험이든 나쁜 경험이든 주로 개인적인 이야기를 바탕으로 곡을 만드는 성향이 있다. 일기에 쓴 내용과 삶의 사건들을 어떻게 노래로 승화시키는지를 이야기한 적도 있다. 이러한 면모는 겸손함과 정직함이 드러나는 '아이 로스트 어 프렌드I Lost a Friend', 뼈아픈 현실 부정을 노래한 '아이 돈 미스 유 앳 올I Don't Miss You at All', 사랑에 넋이 나가버린 심정을 그린 '로스트 마이 마인드Lost My Mind'에서 잘 드러난다.

이 EP 앨범에서 가장 인기를 끈 곡은 활기찬 기타 스트럼이 인상적인 '셸터Shelter'였다. 피니어스는 원래 이 곡을 스웨덴 출신의 디제이 아비치(안타깝게도 2018년에 세상을 떠났다)에게 줄 생각이었다. 이유는 단지 아비치가 곡의 제목을 좋아해서였다고 한다. 이 곡의 뮤직비디오는 정장 조끼 차림의 피니어스가 LA의 마른 강바닥을 걸어가는 모습을 담았다(영화판 〈그리스〉를 본 사람이라면 익숙한 풍경일 것이다). 하늘색 조거 팬츠와 터틀넥을 입은 댄서 무리는 강렬한 움직임으로 다가와 피니어스를 붙잡고 이리저리 흔든다.

이 영상은 한 달 만에 100만 뷰를 달성했고 EP 앨범인 '블러드 하모니'는 호평을 받고 상업적인 성공까지 이뤘다. 또한 이 앨범은 신인들의 순위를 매기는 빌보드 히트시커 차트에서 11위에 올랐고, 브라질, 호주, 캐나다, 스페인에서는 아이튠즈 탑 50에, 영국, 독일, 프랑스, 이탈리아에서는 탑 100에 올랐다.

블러드 하모니

blood harmony

'블러드 하모니' 이론에 따르면 어떤 형제자매들은 완벽한 하모니를 이루며 노래할 수 있는 천부적인 능력을 지녔다고 한다. 유전적인 이유일 수도 있고 일종의 육감일 수도 있다. 과학적 근거가 있는 이론은 아니지만, 팝 역사를 보면 루빈 브라더스, 카펜터스, 비지스, 딕시 칙스, 퍼스트 에이드 킷 등 수많은 예를 찾아볼 수 있다. 가장 그럴듯한 논거는 형제자매는 어릴 때부터 함께 노래할 기회와 연습할 시간이 많다는 것이다. 이에 피니어스와 빌리는 완벽한 예라고 할 수 있다. 같이 자랐을 뿐만 아니라 노래하길 좋아하는 가족 분위기에 홈스쿨링을 하는 자유로운 환경이어서 함께 노래할 기회도 월등히 많은 편이었다. '블러드 하모니' 이론은 근거 없는 이야기일 수 있겠지만 어쨌든 앨범 제목으로는 너무나도 훌륭하다!

TRACK #03

나란히 빛나는 남매

동생은 아직 미성년자일지라도 22살이 된 피니어스는 이제 성인 아티스트가 되었다. EP 앨범이 출시되고 한 달 후, 피니어스는 가족의 품을 떠나며 그의 방구석 스튜디오와도 작별했다(이후에도 특정한 공간음이나 소리가 필요하면 언제든 찾아갈 권리를 약속받았다). 피니어스는 클로디아와 함께 LA 할리우드힐스 옆에 있는 로스펠리즈에 집을 샀다. 하이랜드파크와는 11킬로미터 떨어진 곳이다. 클로디아는 이사하는 모습을 영상에 담아 블로그에 올렸다. 커다란 스페인풍의 집에는 새로 스튜디오를 꾸밀 수 있을 만큼 방이 여럿 있었다. 두 사람은 피치스라는 이름의 핏불을 입양했다.

새로운 스튜디오는 필요한 장비들로만 채워졌다. 이제 피니어스는 여기저기서 주문이 들어오는 프로듀서 겸 작곡가가 됐다. 자신을 빌리처럼 키워달라고 하는 이들의 요청을 제외하더라도(물론 정중히 거절했다), 다양한 아티스트에게서 협업 제의가 들어오고 있었다. 피니어스는 프로듀서로서 빌리와의 작업을 통해 많은 것을 배웠다. 보컬 쌓기, 비트 만들기, 실제 악기와 컴퓨터로 만든 소리를 섞는 법 등은 완벽에 가까운 경지에 올라있었다. 이뿐만 아니라 작곡가로서 가수의 마음을 들여다보고, 가수가 온전히 편하게 느끼게 하는 방법을 이해하고 있었다.

처음에는 앨리스 크리스티안센, 알앤비 가수인 에발린, 영국의 일렉트로 팝 삼인조 플로스, 호주의 일렉트로니카 가수 와피아 등 떠오르는 신예들과 주로 작업했다. 그러다 명성이 쌓이자 칼리드, 토리 켈리, 사브리나 클라우디오, 애쉬, 존 레전드 등 유명인들에게서도 연락이 오기 시작했다. 아마도 최고의 반전은 셀레나 고메즈의 대형 히트곡 '루즈 유 투 러브 미 Lose You to Love Me'의 크레딧에 피니어스의 이름이 등장했을 때였을 것이다. 피니어스와 빌리는 셀레나 고메즈와 같은 레이블에 소속돼 있는데, 피니어스는 곡의 완성을 거의 앞두고 투입됐다고 한다. 셀레나의 말에 의하면 피니어스의 마지막 손길로 곡의 분위기가 달라졌다고 한다.

작곡가로서 피니어스는 여자 가수들에게 더 어필하는 경향이 있다. 여자 가수들은 남자 가수들에 비해 피니어스의 가사에 표현된 깨지기 쉬운 감성을 더 잘 표현할 준비가 되어있는 듯했다. 카밀라 카베요는 2019년에 발매한 앨범 '로맨스'의 수록곡에 도움을 받으려고 피니어스에게 연락했다. 이미 팬이었던 피니어스는 빌리처럼 카밀라도 자신이 곡에서 원하는 바를 시각적으로 구상한다는 것을 알게 됐다. 한편 카밀라는 피니어스가 인생의 작은 순간들에 감동하는 모습을 동경했다. 두 사람은 우정에서 사랑으로 발전한 카밀라와 숀 멘데스의 관계를 다룬 노래인 '유스드 투 디스Used to This'를 함께 썼다.

피니어스는 꿈속에 사는 것만 같았다. 자신이 늘 높게 평가했던 대형 스타들과 협업을 하고, 가장 성공적인 가수의 팀원이 되어있었기 때문이다. 하지만 빌리와 달리 피니어스는 유명세에 딸려오는 긍정적이지 않은 면은 피하려고 했다. 동네를 돌아다니거나 식당에 가도 알아보는 사람은 많지 않았기 때문에 빌리처럼 어디든 따라다니는 경호팀은 필요하지 않았다. 그리고 그 무렵 그래미 시상식이 열렸다.

2020년, 세계에서 가장 명망 높은 시상식에서 피니어스는 '배드 가이'와 앨범 '웬 위 올 폴 어슬립 웨어 두 위 고?'의 작곡자 및 프로듀서로서 다섯 개의 상을 받았다. 역시나 다섯 개의 그래미를 수상한 동생의 그늘에 가리기는 했지만, 구찌 정장을 말쑥하게 차려입고 입고 레드카펫을 밟는 피니어스의 모습은 모든 신문에 실렸다. 앞으로 익명성을 유지하며 살기는 훨씬 어려워질 듯 보였다.

타고난 재능과 노력으로 피니어스는 자신의 커리어의 정점에 섰다. 빌리의 성공에 기여한 공로를 인정받은 데다 2019년 말에 있었던 솔로 투어 '블러드 하모니'는 전 석 매진을 기록했고, 그의 프로듀싱과 작곡 능력을 높이 평가하는 훌륭한 뮤지션들이 협업을 원하고 있었다(숀 멘데스와 제임스 블레이크가 함께하길 간절히 원한다는 소문이 있다). 한편, 2019년 12월에 있었던 버라이어티 어워드에서의 수상 소감은 피니어스가 어떤 사람인지를 잘 보여준다. 빌리가 옆에 서 있는 가운데 피니어스가 말했다. "이제는 제가 그저 빌리 아일리시의 오빠가 아닌 그 이상이 됐다는 기사를 많이 봤어요. 하지만 저는 평생 그저 빌리 아일리시의 오빠이고 싶어요."

15장

수백만의 눈빛을 한몸에

TRACK #01

금의환향, 그 후

글래스톤베리 같은 큰 무대의 영광을 자축하고 싶으면 어떻게 하는 게 좋을까? 빌리는 그럴 때 머리 색을 바꾼다! 페스티벌에서 세상을 놀라게 한 후 며칠 뒤, 빌리는 자신의 새로운 모습을 인스타그램에 올렸다. 처음에는 그저 가르마 부분에 밝은 초록색 스프레이를 뿌린 것으로 보였지만, 겉으로 드러난 밤갈색 부분을 들어 올리니 뿌리서부터 귀까지 내려오는 곳까지 초록색인 게 드러났다. 빌리는 거기에 어울리는 녹색 테두리로 된 선글라스, 검은색과 녹색이 들어간 반다나, 밝은 녹색 목걸이를 착용했다. 앞으로 한동안 푸르른 나날들이 펼쳐질 것만 같았다.

많은 것을 이룬 빌리는 고향 LA로 금의환향해 2015년에 최초로 콘서트를 관람했던 슈라인 엑스포홀에서 이틀 연속 공연했다. 공연 도중 빌리는 자신이 예전에 피니어스와 함께 네이버후드의 공연을 관람했던 뒤쪽 자리를 지목하기도 했다. 지나가는 사람들은 이날 관객의 옷차림만 보고도 어떤 가수의 콘서트인지 짐작할 수 있었을 것이다. 관객 중 대부분은 초록색 머리를 했거나 초록색이 들어간 후드 티, 비니를 착용했다. 굿즈 가판대에는 블로시 후드 티와 티셔츠를 사려는 사람들이 줄을 서 있었다. 빌리는 머리를 뒤로 묶어 녹색 부분을 드러냈고, 색깔을 맞춘 길고 뾰족한 손톱을 달고 있었다.

8월에 '웬 위 올 폴 어슬립' 월드 투어가 시작됐고, 빌리는 매일 매일 최고의 무대를 선보였다. 이 투어에는 새로운 도시와 국가들이 포함돼 초창기부터 빌리를 좋아해 왔던 오스트리아, 체코, 모스크바, 상트페테르부르크, 아일랜드의 팬들은 이제 빌리를 실제로 볼 기회를 맞게 됐다. 9월 초 스페인에 간 빌리는 트위터에 '오래 기다리지 않았나요?'라는 글과 함께 뉴욕의 팬들에게 오후 4시에 타임스퀘어에 가서 화면을 보라고 권했다.

대형 화면에는 '올 더 굿 걸스 고 투 헬'의 홍보 영상이 공개됐고, 다음 날 유튜브에 뮤직비디오가 올라왔다. 에미넴, 마룬파이브, 라나 델 레이와의 작업으로 명성을 얻은 감독 리치 리는 '베리어 프렌드'의 뮤직비디오 중 주사기 여러 개가 빌리의 등에 꽂히는 장면에서 출발하는 종말론적 시나리오를 만들어냈다. 타락 천사 역을 맡은 빌리의 등에 주사기가 꽂히면 거대한 날개가 살을 뚫고 나온다. 어둠과 불길이 분위기를 압도하는 영상에서 빌리는 기름 구덩이에 추락하고, 타르에 범벅이 된 채 불타는 날개를 달고는 불타는 마을을 휘청거리며 걸어 다닌다. 불길에서 춤을 추는 형체들을 제외하면 출연진은 빌리뿐이다.

이 노래의 가사가 기후 변화를 암시한다면, 뮤직비디오는 그 주제를 드러내놓고 이야기한다. 공개 후 첫 24시간 사이에 1,300만 뷰가 집계됐고, 영상 아래에는 빌리의 글이 적혀있었다. '우리의 지구는 전례 없는 속도로 온도가 상승하고 있어요. 만년설이 녹고, 해수면이 상승하고, 야생동물들은 죽어가고, 숲은 불타고 있어요.' 그달 말에 UN의 기후 행동 정상회의가 열리자 빌리는 함께 힘을 실어달라고 이야기했다.

TRACK #02

거꾸로 서서 춤을 추는 배드 가이

이 시기에 〈엘르〉와 심도 있는 인터뷰가 있었다. 대화 주제는 빌리의 우울증으로 이어졌다. 빌리는 지난 몇 년 동안 정신적으로 무척 힘든 시기를 보냈으나 이제 많이 좋아졌으며, 우울증의 원인은 자신의 성공보다는 성장기 및 주변 사람들의 변화와 관련이 있다고 설명했다. 빌리는 자신의 경험담을 바탕으로 긍정적인 메시지를 전했다. '지금 상태가 좋지 않다면 앞으로 좋아질 거예요. 희망을 가져요. 그 말밖에는 할 말이 없네요.' 2019년 9월에 있었던 인터뷰를 보면 더 큰 변화를 느낄 수 있다. 빌리는 인터뷰에 임할 때마다 늘 배려심 있고 알찬 답변을 들려줬고 어떤 주제로 이야기하든 즐거워하는 모습을 보여왔다. 그런데 이젠 예전보다 긴장이 많이 풀린 듯하고 장난기와 재치 넘치는 모습을 더 많이 보인다. 이런 면은 그래미 박물관에서 피니어스와 함께 짧은 공연을 하고 소수의 관객 앞에서 인터뷰를 진행할 때 확연히 드러났다. 지미 팰런의 투나잇 쇼에서도 마찬가지였다. 한쪽 발엔 정형외과용 부츠를 신었고 반대쪽 발목은 삔 상태였지만, 빌리는 지미 팰런 외에도 스탠드업 코미디언인 콜린 퀸과 진실 게임을 하며 시종일관 웃음을 잃지 않았다. 빌리는 친구 입에 방귀를 뀌어 토하게 했던 걸 '고백'했는데, 이는 사실로 드러나 사람들을 깜짝 놀라게 했다.

다음 날 빌리는 일반적으로 700만 명이 시청하는 심야 텔레비전 프로그램의 최고봉인 〈새터데이 나이트 라이브(SNL)〉에 처음으로 출연했다. 새 시즌의 첫 방송이어서 빌리는 진행자 우디 해럴슨을 비롯한 SNL 출연진들과 홍보 영상을 촬영했다. 90초짜리 영상에서 빌리는 전학생으로(그럴 리가!), 우디 해럴슨은 스케이트보드를 들고 학교를 구경시켜주는 멋진 학생으로 등장한다. 짓궂은 학생을 연기한 콜린 조스트와 마이클 체가 빌리의 손에 들린 책을 떨어트리려다 실패하는 장면에서는 웃음이 유발된다.

맛보기는 거기까지였고, 토요일 밤이 되자 빌리는 본무대에 올라 '배드 가이'를 불렀다. 자신이 직접 디자인한 원색 그래피티 스타일의 기호들이 들어간 검은색 티셔츠와 반바지 차림으로 등장해 방으로 꾸며진 작은 세트에서 노래를 시작했다. 20초가 지나자 빌리는 벽을 타고 올라가더니 수평으로 선 채 춤을 췄다. 생방송이었기 때문에 이런 효과를 예상한 사람은 없었을 것이다. 빌리는 계속해서 천장을 걸어가며 거꾸로 선 채 춤을 췄다.

이 장면은 크게 회자됐고, 빌리는 인생에서 손에 꼽을 정도로 희열을 느낀 순간이었다고 설명했다. 후에 밝힌 바로 이 장면은 1951년 영화 〈로열 웨딩〉에서 프레드 애스테어가 사용한 효과를 보고 영감을 받았다고 한다. 이러한 장면을 찍으려면 360도 회전할 수 있는 세트에 카메라를 부착해야 한다. 빌리는 신발 상자 안에서 손가락 두 개를 움직이며 안무를 연구했고, 침착하게 매 순간 자신이 어디에 있는지를 알기만 하면 된다는 걸 깨달았다. 양쪽 발목을 삔 데다 수 시간에 걸친 리허설로 지쳐있긴 했지만, 촬영은 아무 문제 없이 깔끔하게 진행됐다.

이후 빌리와 피니어스는 분위기를 180도 바꿔 '아이 러브 유'를 합창했다. 빌리의 다재다능함을 의심하는 이가 있으면 이 영상을 보여주면 된다. 남매는 갈색 패턴이 들어간 구찌 정장을 맞춰 입고 나와 별이 수놓인 배경 앞에서 아름다운 라이브 무대를 펼쳤다. 특히 피니어스의 완벽한 하모니는 이 무대의 꽃이었다.

〈배니티 페어〉 인터뷰

The Vanity Fair Interviews

2019년 10월, 빌리 아일리시는 〈배니티 페어〉와 또 한 차례 특별한 인터뷰를 진행했다. 15살이었던 2017년과 16살이었던 2018년 같은 날짜에 들었던 질문들에 다시 한번 대답하는 형식이었다. 각 영상은 유튜브에 공유됐는데, 과거의 자신을 보는 빌리의 반응 또한 영상에 포함됐다. 해마다 빌리는 이보다 더 성공할 수는 없다고 이야기했지만 늘 보란 듯이 더 큰 성공을 거뒀다. 인스타그램 팔로워 수도 이야기하는데, 25만 7,000이었던 게, 4,000만까지 늘어났다고 한다! 2019년의 빌리는 동네 식료품점에 가도 알아보는 사람이 없을 거라는 2018년의 자신을 보며 말없이 웃기만 한다. 진심을 담아 이야기하는 태도, 매끄러운 의사 표현, 까칠하지만 섬세한 점은 3년 내내 한결같다. 빌리는 과거 자신의 모습에 계속해서 반응했다. 저 때는 순진했다고 하는가 하면, '모든 예술가는 슬퍼요'라는 발언에 대해서는 달라진 생각을 이야기했고, 욕을 안 쓰면서 말하는 과거의 모습을 보며 당시에는 욕을 하면 안 되는 줄 알았다고 말했다. 아무도 들어본 적 없는 곡을 만들겠다는 포부에는 '저런 바보를 봤나!'라고 반응했고, '저 코 좀 봐. 단추처럼 깜찍해'라며 스스로를 귀여워하기도 했다.

한편 자신의 유명세에 관해 진솔한 생각을 털어놓기도 했다. 첫해에는 유명해진 것에 설레다가 1년 후엔 힘들어했고, 결국엔 있는 그대로를 받아들이는 쪽으로 바뀌었다. "난 유명한 게 좋아요." 2019년의 빌리가 말했다. "이상하지만 멋지거든요." 인터뷰 끝 무렵엔 정신 건강 상태의 변화에 관해 이야기했다. 자신감을 잃었던 2018년에는 현재의 행복을 유지하는 것을 중요하게 생각했었다.

3년 내내 변하지 않는 부분도 있었다. 남자친구가 없는 점(2018년 질문을 들었을 당시 사실 만나는 사람이 있었다고 2019년에 털어놓았다), 생각하는 것을 그대로 SNS에 쓰지 말아야 한다는 다짐, 가장 좋아하는 영화는 〈오스카 그랜트의 어떤 하루〉, 가장 친한 친구는 오빠인 피니어스라는 대답도 그대로였고, 더불어 엄마가 등장해 딸을 안아주는 모습이 한결같이 시청자의 눈물샘을 자극한다는 점도 그대로였다.

TRACK #03

초록빛 행보

빌리는 소신껏 목소리를 내며 사회적 단체를 지지하는 데 늘 당당하다. 일례로 보호소 개들과 교도소 수감자들을 연결해주는 '포지티브 체인지 프리즌 프로그램'의 기금을 마련하기 위해 '빌리의 옷장'을 만들어 자신의 옷을 판 것을 들 수 있다. 또한 낙태 금지법에 반대하며 산아제한 옹호 단체인 '가족계획연맹'을 지지했다. 젊은 층이 투표 등록을 하도록 장려하는 캠페인 단체 '헤드 카운트'를 미국 투어의 모든 공연에 초대하기도 했다.

차트 1위를 차지하는 가수가 되자 각종 자선 단체에서 기부하라는 요청이 쇄도했다.

빌리가 받아들인 제안 중 가장 유명한 것으로는 암 연구 기금을 모으기 위해 매년 LA의 할리우드 볼에서 매년 열리는 '위캔서바이브' 콘서트 출연이었다. 리조, 조나스 브라더스, 테일러 스위프트, 카밀로 카베요, 마시멜로, 베키 지, 할시 등 톱스타들의 무대를 보기 위해 1만 8,000명에 달하는 관객이 모여들었다. 빌리는 눈부시게 빛나는 초록색 의상을 입고 열렬한 환호를 받으며 평소보다 짧은 무대를 선보였다.

1주일이 지난 10월 27일에는 '위캔서바이브'보다 규모는 작을지라도 중요도로는 밀리지 않는 행사에 참여했다. 유니세프 가면무도회는 유니세프 차세대(UNICEF Next Generation)가 기획하는 연례 행사로, 어린이들의 삶을 개선하기 위해 노력하는 젊은 이들을 중심으로 하는데, 빌리는 이 특성에 너무나도 잘 들어맞는 손님이었다. 핼러윈 행사에서 포즈를 취하고 있는 사진 속 빌리는 슬픈 플레이보이 토끼가 들어간 후드 티와 해골 티셔츠, 지퍼 장식이 들어간 바지로 구성된 올블랙 차림이다. 거기에 크리스털 장식이 들어간 마스크, 뾰족한 징이 박힌 신발로 핼러윈의 무서운 콘셉트를 살렸다. 펑크 스타일이다 고스 룩이다 의견이 갈렸지만, 그 모습은 빌리 그 자체였다.

TRACK #04

음표 하나, 가사 한마디

앨범 발매 이후 빌리와 피니어스가 새로운 작업에 몰두하고 있다는 건 모두가 아는 사실이었다. 이제 두 사람은 투어를 다니는 도중 편안한 호텔 방에서 녹음 작업을 했다. 피니어스는 커피 거름망을 거치듯 결과물이 나오는 중이라고 말했다. 두 사람이 부담을 느끼는 건 사실이었다. 빌리는 신곡을 간절히 기다리는 팬들을 위해 11월 인스타그램에 글을 올렸다. '여러분이 못 들어본 두 곡이 곧 발매돼요. 인내심을 가지라고요!'

2019년 11월 13일, 둘 중 한 곡이 먼저 나왔다. '에브리싱 아이 원티드everything i wanted'의 첫 소절은 샌프란시스코의 금문교에서 뛰어내리지만 아무도 신경 쓰지 않는 빌리의 악몽을 풀어쓴 가사이다. 1년 전 처음 곡을 쓸 무렵 '나이트메어'라는 가제로 불렸던 이 노래는 유명세, 자존감, 기대감, 성취감, 사랑에 대한 고찰이 담긴 의미심장한 곡이다.

부드러운 비트에 부분부분 배치된 피아노, 신시사이저 코드 진행과 손뼉 소리가 이 곡의 뼈대를 이룬다. 반주만으로는 다소 우울한 감성이 느껴지지만, 희망적인 멜로디가 이를 구제한다. 빌리의 보컬은 숨 쉬는 듯한 소리에서 밝은 창법으로 전환하며, 각 소절 끝에 신중하게 배치된 에코 효과는 깊이와 감성을 더해준다. '에브리싱 아이 원티드'는 빌리의 곡 중 처음으로 후주가 들어가는 곡이다(제작 과정 영상에서 언급한다). 이는 빌리와 피니어스가 음표 하나, 가사 한마디를 얼마나 신중하게 결정하는지를 알 수 있는 대목이다.

예전에도 빌리는 유명세에 관해 이야기한 적이 있었다. 단기간 내에 대중 앞에 나타난 사람은 누구든 어려움을 겪는다. 언론의 사생활 침해는 말할 것도 없고 밖에 나가는 즉시 사람들에게 둘러싸이고 위협당하는 현실은 감당하기 힘들지만, 팬들과의 끈과 라이브 공연에서 느끼는 희열로 위안을 얻는다고 빌리는 말했다. '에브리싱 아이 원티드'는 유명인의 삶이 겉으로 보는 것과는 차이가 있다는 점을 이야기하며, 그러한 삶이 띠는 복잡성과 모순을 직접적으로 다뤘다. 후렴은 이런 면들과 균형을 맞추는 역할을 하는데, 특히 영원히 변치 않는 사랑을 제공하는 피니어스와의 관계를 암시한다. 명성이라는 거친 바다를 표류하는 동생에게 피니어스는 늘 닻과 같은 존재다.

'에브리싱 아이 원티드'는 세계 곳곳에서 탑 10에 들었다[미국 8위, 영국 3위, 아일랜드·노르웨이·발트 3국(리투아니아·에스토니아·라트비아)에서 1위] 특이하게도 이 앨범은 미국에서 플렉시 디스크라고 하는 얇은 레코드판으로 제작됐다. 빌리의 EP와 정규 앨범은 전에도 레코드판 형식으로 제작된 적이 있긴 하지만(카세트테이프로도 발매됐다), 이제 곧 이야기할 앨범은 그야말로 옛날 방식으로 제작됐다.

빌리는 내슈빌에 있는 잭 화이트 소유의 서드 맨 레코드를 방문해 250명의 가족과 친구들 앞에서 어쿠스틱 공연을 열었다. 남매가 45분 동안 만들어낸 소리는 그 즉시 아세테이트와 접합돼 레코드판으로 성형됐다. "저거 보여요?" 빌리는 마치 리포터가 된 듯 유리로 막힌 부스 안에서 흰옷을 입고 일하는 기술자들을 가리켰다. "내 목소리로 저걸 만들고 있어요. 지금 이 순간에! 미친 거 아니냐고." 이 공연의 공식 영상은 존재하지 않지만(빌리는 하드록 감성의 검은 가죽 바지를 입고 노래했다!), 노란색 비옷 차림의 빌리가 페인트를 뿌리며 한정판 레코드 표지를 제작하는 영상은 찾아볼 수 있다.

TRACK #05

자유를 위한 소리, 자유를 통한 성공

시상식이 즐비한 11월이 찾아왔고, 빌리는 유력한 수상 후보로 거론됐다. 빌리는 양대 시상식인 아메리칸 뮤직 어워드(AMA)와 그래미에서 각각 여섯 개 부문에 후보로 올랐다. 후자가 더 명성이 높지만, 팬들의 투표로 상을 주는 AMA를 선호하는 음악인도 많다.

2019년 11월 24일에 미국 전 지역에서 생중계된 AMA는 빌리가 참여하는 첫 시상식이었다. 빌리는 머리끝부터 발끝까지 복고풍 버버리 격자무늬 의상으로 통일했고, 철로 된 반짝이는 면사포로 포인트를 살렸다(어떤 이들은 양봉업자가 쓰는 모자 같다고 말했다). 얼터너티브 아티스트로 선정되어 수상하는 순간에는 이 의상에서 모자만 벗고 입에 막대 사탕을 문 채 눈에 띌 정도로 떠는 모습을 보였다. 머지않아 빌리의 무대가 펼쳐졌다. LA의 마이크로소프트 극장에 지옥처럼 불기둥이 치솟으며 '올 더 굿 걸스 고 투 헬'이 울려 퍼졌다. 빌리는 카메라를 정면으로 들여다보며 미국 전 지역의 거실에 얼굴을 비췄다. 갈아입고 나온 검은 티셔츠에는 박힌 보석으로 '죽은 행성에 음악은 없다'('음악은 비상사태를 선포한다(Music Declares Emergency)' 기후 변화 의식 캠페인의 슬로건)라고 쓰여 있었다. 이 옷을 입고 빌리는 두 번째 상인 올해의 신인상을 받았다.

AMA에서 빌리는 밴드 그린데이를 소개하며 "어린 시절, 저와 오빠에게 그린데이보다 큰 영향을 끼친 밴드는 없어요"라고 말했다. 며칠 전, 〈롤링스톤〉은 그린데이의 보컬리스트 빌리 조 암스트롱과 빌리를 한자리에 모았다. 전혀 다른 관객층을 상대로 하는 다른 세대의 두 가수는 놀랍게도 공통점이 있었다. 빌리 조 암스트롱은 "진정성이 느껴지고 자유의 소리 같다"며 빌리의 음악에 존경심을 표했다. 경험으로부터 해줄 조언이 있냐는 질문엔 "음악인으로서 처음 인기를 얻는 느낌은 절대 두 번 오지 않는다"며 지금 이 순간에 감사하라고 말했다.

그 순간은 바로 지금을 뜻했다. 빌리는 꿈속에서도 2019년과 같은 한 해를 상상해본 적이 없었다. 불과 12개월 만에 코첼라, 글래스톤베리 같은 대형 페스티벌에 참여했고 전 세계를 순회하며 공연장을 가득 메운 관객 앞에서 노래하는 가수가 됐다. 그뿐만 아니라 주요 잡지의 표지를 장식했고, 그해에 가장 많이 팔린 싱글과 앨범을 모두 기록했으며, 텔레비전에 출연해 인상적인 순간들을 남겼고 주요 상까지 받았다. 게다가 엘튼 존, 데이브 그롤, 줄리아 로버츠, 숀 멘데스 같은 거물급 스타들이 빌리의 팬임을 자처했다. 한편 마지막 〈배니티 페어〉 인터뷰에서 성공을 정의해보라는 질문에 빌리는 "얼마나 많은 사람이 자신을 아는가가 아니라, 사람들이 자신에 대해 어떻게 느꼈는가"라고 대답했다. 그렇게 대답했지만 빌리 본인도 수백만 명이 자신을 사랑하고 영감을 받는다는 걸 알고 있다. 빌리는 그야말로 기념비적인 성공을 거뒀다.

Some said it was punk,

some claimed it was goth,

but it was pure Billie.

16장

그래미, 오스카, 007

TRACK #01

18번 째 생일에 준비한 선물

"처음 빌리의 노래를 들었을 때 잠시 숨 쉬는 걸 멈췄어요. 너무 감성적이고 깊이가 느껴졌어요. 나를 멈춰버렸죠. 이건 마법이야. 하지만 그건 시작에 불과했죠." 지난 몇 년간 전 세계 많은 사람이 이와 비슷한 감정을 느꼈다. 저 이야기는 팝 역사에 한 획을 그은 싱어송라이터 신디 로퍼가 2019년 12월에 빌보드 '올해의 여성'을 시상하며 빌리에게 한 말이다.

이제 빌리는 자신이 우러러봤던 많은 예술가의 찬사를 받는다. 앨리샤 키스도 그중 한 명이다. 키스가 〈더 레이트 레이트 쇼〉를 진행한 회차에서 빌리는 게스트로 출연했고, 두 사람은 서로에게 존경심을 표했다. 빌리는 키스가 인스타그램에 올린 '오션 아이즈'의 커버 버전에 대해 열변을 토했고, 자신이 12살 때 장기 자랑에 나가 키스의 '폴린'을 부르는 영상을 보여줬다. 키스의 피아노 반주에 맞춰 '오션 아이즈'를 합창하는 것으로 토크쇼는 마무리됐다.

시상식, 파티, 인터뷰를 소화하다 보니 어느새 월말에 있을 빌리의 18번째 생일이 다가왔다. 그런데 빌리는 성인이 되기 전에 또 하나의 이정표를 찍었다. 자신의 첫 공식 뮤직비디오를 연출한 것이다. 영상 제작에 큰 애정을 보인 빌리는 처음부터 직접 감독을 맡고 싶어 했지만, '재니'의 뮤직비디오를 공개하고 나서야 비로소 연출자로서의 역량을 신임받게 됐다.

편집 없이 단일 샷으로 이뤄진 이 영상에서 빌리는 하얀 타일로 꾸며진 방에 있는 하얀 벤치에 앉아있다. 의상은 크림색 터틀넥 스웨터와 스키 바지이고, 자연스러운 갈색 머리와 손톱은 색깔을 맞췄다. 감독으로서 빌리는 4분 30초 동안 보는 이의 시선을 사로잡는 것에 주안점을 뒀다. 카메라의 움직임, 빌리가 직접 연기한 고통받는 모습과 무기력함, 화면 밖에서 등장한 손이 얼굴에 담배를 비벼끄는 충격적인 장면 등은 눈을 뗄 수 없게 만든다. 공개 후 24시간 만에 1,000만 뷰를 달성했다는 건 이 뮤직비디오가 성공적인 감독 데뷔작이라는 걸 증명해준다.

한편 빌리는 제임스 코든이 진행하는 〈카풀 가라오케〉에 출연해 시청자들의 마음을 사로잡았다. 이 코너에서 게스트는 진행자가 모는 차를 타고 돌아다니며, 자동차 스피커로 나오는 반주에 맞춰 자신의 노래나 다른 사람의 히트곡을 부른다. 약 4,500만 명이 유튜브에 올라온 15분짜리 영상을 본 것으로 집계됐다. 진행자와 함께 노래하며 즐거운 시간을 보내던 중, 빌리는 차 안에서 우쿨렐레를 꺼내 어린 시절에 듣던 노래를 연주했다. 이어서 둘은 빌리의 가족이 사는 집을 방문했다. 제임스 코든은 남매가 앨범을 제작한 방에 들어가 이야기를 나눴고(글씨가 빼곡하게 적힌 화이트보드엔 앨범 수록곡 명단이 여전히 남아있었다), 빌리와 어머니의 끈끈한 사이를 직접 확인했으며, 애완 거미를 보고 몸서리를 치기도 했다(그 타란툴라는 안타깝게도 그해 말에 세상을 떠났다).

빌리는 자신의 18번째 생일에 가까운 친구들만 초대해 파티를 열었다. 춤추고, 피냐타 장난감을 막대로 때리는 예식을 치르고, 케이크에 올라간 초를 불어 끄는 모습은 여느 또래와 다를 바 없었다. 이날 먹은 크림치즈로 코팅된 초콜릿케이크와 위에 올라간 박하사탕은 빌리의 요청에 따라 엄마가 손수 비건 레시피로 만들었다. 빌리는 팬들을 챙기는 걸 잊지 않았다. 네 살 때 노래하던 모습과 수천 명 관객의 반응을 교묘하게 편집한 영상을 처음으로 선보여 팬들에게 선물한 것이다.

빌리는 열여덟 살이 되어 가장 좋은 점으로 밤 11시 이후에 운전할 수 있다는 걸 꼽았다(캘리포니아 주법에 따라). 1월 23일에 업로드된 '에브리싱 아이 원티드' 뮤직비디오는 이 생각에서 영감을 얻은 것이 아닐까 예상된다. 이로써 빌리는 두 작품을 연출한 뮤직비디오 감독이 됐다. 이번 뮤직비디오에서 빌리는 피니어스를 옆자리에 태운 채 차를 몰고 도시와 해안을 지나 바닷속으로 들어가는 영상을 선보이며 감독으로서 한결 커진 야심을 보여줬다. 세상과의 끈을 놓쳐 길을 잃은 듯한 남매는 차를 탄 채 해저로 가라앉기 시작한다. 그제야 두 사람은 손을 맞잡으며 눈빛과 미소를 교환한다. 영상 시작 부분에 나오는 '빌리와 피니어스는 항상 서로의 곁에 있을 것'이라는 내용의 자막은 어둡고 불편한 분위기에 온기를 불어넣는다.

TRACK #02

그래미, 꿈의 무대

빌리는 〈지미 키멜 라이브〉에 출연해 자신이 가장 고대하고 있는 행사가 무엇인지 이야기했다. "세상에 안 멋있는 게 어디 있겠어요. 하지만 이건 그래미잖아요. 저는 매년 그걸 보면서 자랐어요. 여자 가수들이 나오면 '저 옷 진짜 안 예쁘다' 같은 말을 하면서 지켜봤죠." 빌리는 여섯 개의 부문에 후보로 올랐지만, 과연 수상할 수 있느냐는 전혀 다른 문제였다. 릴 나스 엑스도 여섯 개 부문에서 후보였고, 리조는 무려 여덟 부문에 이름을 올렸다. 그 외에도 아리아나 그란데, 루이스 카팔디, 테일러 스위프트, 라나 델 레이 같은 쟁쟁한 후보들이 도금된 축음기 모양의 트로피를 노리고 있었다.

2020년 1월 26일 LA 스테이플스 센터에서 열린 제62회 그래미 시상식은 바로 그 경기장에서 뛰었던 LA 레이커스의 농구 스타 코비 브라이언트의 비극적인 죽음을 추모하느라 무거운 분위기 속에서 시작됐다. 브라이언트에게 헌정하는 별도의 시간을 가진 후 화려한 쇼가 이어지자 어두웠던 분위기는 점차 밝아졌다. 빌리와 피니어스가 레드카펫에 도착하자 기자들과 파파라치들은 셔터를 누르기 바빴다. 빌리의 수상만큼이나 의상도 화제가 될 듯 보였다. 뉴욕타임스는 "빌리 아일리시는 등장하는 순간부터 그날의 주인공이었다"라고 썼다. 녹색과 검은색의 구찌 정장 아래 반짝이가 들어간 터틀넥을 받쳐 입은 모습은 너무나도 고귀해 보였다. 심지어 손톱에도 초록색 계열의 두 가지 색이 교차된 구찌 라벨이 붙어 있었다. 거기에 금색 사자 머리가 들어간 구찌 귀걸이, 은색 블로시 펜던트, 손가락이 뚫린 장갑은 숨 막히는 조화를 이뤘다. 한편 피니어스는 꽃무늬가 들어간 구찌 스모킹 재킷에 나비넥타이를 착용했다. 버클 부츠를 신고 레드카펫을 걷는 모습은 상당히 세련돼 보였다.

빌리와 피니어스는 시상식에서 공연하기로 예정된 스타들 중 한 팀이었다. 두 사람이 크림색 정장을 맞춰 입고(이번에도 구찌!)

감성적인 편곡의 '웬 터 파티스 오버'를 부르자 거대한 경기장을 채운 사람들은 모두 숨죽인 채 감상했다. 많은 평론가가 두 사람의 무대를 이날 최고의 공연으로 꼽았다. 물론 빌리와 피니어스가 노래만 하러 그 자리에 간 것은 아니었다. 각자 다섯 개의 트로피를 거머쥔 두 사람에게 이 시상식은 영원히 잊지 못할 밤이 됐다. 빌리는 베스트 신인상, 올해의 앨범, 올해의 노래, 올해의 레코드 등 주요 네 개 부문을 모두 수상한 두 번째 아티스트가 되었다.

트로피 부자가 된 남매는 상을 너무 많이 받아 부끄럽다고 말했다. "상을 받아 마땅한 곡들이 너무 많은데 죄송합니다." 올해의 노래 수상 소감에서 빌리가 말했다. 이후 베스트 팝 보컬 앨범이 발표됐고, 이로써 빌리는 5관왕이 됐다. 발표 직전에 "제발 내가 아니었으면"이라고 말하는 빌리의 모습이 포착됐다. 빌리는 아리아나 그란데의 '생큐, 넥스트'가 받았어야 했으며, 그 곡 덕분에 힘든 시기를 견딜 수 있었다고 말했다. 이날 밤 세계 최고의 프로듀서이자 작곡가 중 한 명으로 인정받은 피니어스 역시 겸손함을 표하며 '방구석에서 음악을 만드는 모든 아이들'에게 이 상을 헌정한다고 말했다.

그래미상보다 더 큰 유일한 시상식은 세계인이 주목하는 아카데미 시상식일 것이다. 빌리의 다음 행선지는 다름 아닌 아카데미였다. 레드카펫을 위해 빌리가 구찌를 버리고 선택한 샤넬 의상은 크림색 재킷과 바지 세트, 다이아몬드가 수놓아진 샤넬 로고 브로치, 검게 장식된 긴 손톱을 돋보이게 하는 손가락 뚫린 장갑(한쪽에 각각 'CHA'와 'NEL'이 쓰여있었다)으로 구성됐다. 패션 감각 좋기로 유명한 배우 빌리 포터는 레드카펫에서 빌리를 멈춰 세우고는 어릴 때 가장 좋아했던 영화가 무엇인지 물었다. 〈바바둑〉이라는 빌리의 대답에 많은 사람이 2014년에 만들어진 영화가 맞는지 확인하려고 구글에 검색했다. 그 영화가 나왔을 때 빌리는 겨우 열두 살이었다.

이번엔 상을 받으러 온 건 아니었지만, 대신 빌리는 피니어스의 피아노 반주에 맞춰 비틀즈의 '예스터데이Yesterday'를 불렀다. 2019년에 사망한 유명인들을 위한 헌정 무대였다.

많은 이들이 남매의 편곡을 좋아했지만 정작 빌리는 마음에 들지 않았는지 '쓰레기', '테러 수준(bombed)'이었다고 표현했다. 이후 그날 몸 상태가 썩 좋지 않았고, 그래미 시상식과는 달리 유명 영화인들 사이에 있는 자신이 이방인처럼 느껴졌으며, 평소와는 다르게 무대에 오르라는 신호를 받았을 때 두려움에 떨었다고 설명했다.

1주일 뒤 빌리는 영국판 그래미라고 할 수 있는 브릿 어워즈를 찾았고, 자신이 있어야 할 곳에 와있다는 안도감을 느꼈다.

스파이스 걸스의 멜라니 치솜이 국제 여성 아티스트 수상자를 호명하자 빌리는 함박웃음을 지으며 단상에 올랐고, 리조가 '사랑해!'라고 외치자 너털웃음을 지었다. 이어진 수상 소감에서는 최근 자신이 미움받고 있다고 느꼈지만(인터넷에 올라오는 악의적인 비방 글 때문에), 자신을 따듯하게 맞아준 여러분이 있어 눈물이 날 것 같았다고 말했다.

빌리와 온라인

Billie online

빌리가 태어났을 땐 페이스북, 트위터, 인스타그램이 없었다. 하지만 열세 살이 되었을 무렵엔 계정을 만들지 않는 아이는 좀처럼 찾아볼 수 없었고, 빌리 또한 예외는 아니었다. 빌리는 사진을 올리고, 새로운 친구를 사귀고, 자신의 감정을 전달하는 것을 좋아했다. 유명해지기 전에도 빌리의 팔로워 수는 이미 수백 명이었다.

가수로서의 삶이 시작되면서 트위터는 팬들과 소통하는 중요한 수단이 되었다. 불가능한 수준이 이르기 전까지 빌리는 자신에게 연락한 모든 사람에게 응답하려고 노력했고, 자신의 기분과 생각을 여과 없이 표현했다. 팬들은 "널 잊으려 하니까 귀엽게 굴지 마", "내 인생 커맨드 z(맥북에서 실행 취소 단축키 – 옮긴이)"와 같은 게시물에 열광적으로 반응했다. 안타깝게도 팬들에게 항상 좋은 메시지만 오는 것은 아니었다. 2019년 3월, 빌리는 더 이상 견딜 수 없다고 판단해 새로운 소식이나 홍보 글 외에는 자신의 계정에 아무것도 올리지 않는다.

인스타그램에서도 사정은 비슷했다. 빌리는 @riderofwind(바람을 타는 자), @dead.cow(죽은 소), @disasterpiece(망작) 등 다양한 계정 이름을 사용하다가 '오션 아이즈'가 나왔을 무렵엔 @whereare-theavocados(아보카도는 어디에. 언젠가 그릴드 치즈 샌드위치를 만들다가 외쳤던 말이라고 함)으로 정착했다. 본인이 팔로우하는 사람의 숫자를 666명으로 한정하며, 자신은 사탄 숭배자가 아니라 단지 그 숫자가 좋아서 그럴 뿐이라고 설명했다.

팬들은 @wherearetheavocados에 대한 사랑으로 하나가 되어, 평범한 10대 옷으로 시작해 헐렁한 힙합 패션, 샤넬과 구찌 등 명품까지 빌리의 스타일 변천사가 기록된 매일 매일의 사진을 탐독했다. 심지어 '아보카도스'라는 이름의 비공식 팬클럽을 만든 이도 있었다. 하지만 2019년 5월, 빌리는 모든 게시물을 포함, 계정 자체를 삭제했다. 대신 @billieeilish 계정을 만들었지만 많은 팬에게 그것은 결코 같은 의미가 아니었다.

빌리는 과거의 자신에게 전할 수 있다면 온라인에 그렇게 자주 게시하지 말라고 조언하겠다고 말했다. 2020년 2월, BBC에 출연한 빌리는 댓글을 읽는 것이 자신의 '인생을 망치고 있어서' 중단했다고 말했다. 팬들과의 소통을 그토록 좋아했던 걸 생각하면 참으로 안타까운 결말이다.

TRACK #03

단조 9화음의 끝을 이어가다

인터넷에서 비방 글에 상처받는 것은 이제 빌리가 짊어져야 할 또 하나의 짐이었다. 그래미에서의 영광과 아카데미에서의 무대는 뒤로한 채, 빌리와 피니어스는 세계 최대 규모의 시리즈물인 제임스 본드 영화 주제곡을 막 발표한 참이었다. 오랫동안 꿈꿔왔던 일이었기에 두 사람은 이 기회를 잘 살리겠다고 팀원들에게 다짐했다. 2019년 8월 아일랜드에서 열린 공연에서 007 영화 프로듀서 바바라 브로콜리를 만났을 땐 더 이상 막연한 꿈이 아닌 실현 가능한 야망이 되었다. 브로콜리는 남매에게 새 영화 〈007 노 타임 투 다이〉의 오프닝 장면에 해당하는 대본을 보냈다. 이제부터 브로콜리와 제임스 본드를 연기하는 다니엘 크레이그가 좋아할 만한 음악을 만드는 것은 오로지 피니어스와 빌리의 몫이었다.

쉽지 않은 도전이었다. 투어 중 며칠간의 휴식 시간을 활용해 빌리와 피니어스는 곡 작업을 하기 위해 스튜디오를 빌렸다. 대부분의 아티스트들이 최첨단 장비를 갖춘 스튜디오에서 녹음하지만, 빌리와 피니어스는 이런 환경이 편하지만은 않았다. 남매는 뭐든 만들어내려고 안간힘을 썼다. 이후 텍사스의 한 관광버스에서 '노 타임 투 다이No Time To Die'에 대한 구체적인 아이디어가 떠오르기 시작했다.

빌리는 오빠와 자신이 평생 007 주제곡을 만들어보길 소망해 온 것 같다고 이야기했다. '노 타임 투 다이'의 도입부는 빌리의 팬들에겐 익숙한 간소한 신시사이저 소리로 시작해 속삭이는 듯한 창법으로 이어진다. 거짓말과 속임수에 관한 가사는 007시리즈의 키워드라 할 수 있는 유혹, 비밀, 위험과 완벽하게 맞아떨어진다. 그런 다음 남매는 기타를 사용한 코드 진행, 어딘가 불협화음인 듯한 관악기, 고조되는 오케스트라, 디바처럼 목소리를 높이는 빌리의 창법 등 새로운 요소들을 대담하게 끌고 들어왔다. 과거 007 주제곡들의 특징을 따르기 위해 이 곡은 몬티 노먼이 쓴 최초의 주제곡처럼 단조 9화음으로 끝맺는다. 빌리와 피니어스의 곡은

50년 전통에 경의를 표하는 동시에 독창성을 띤 걸작이었다.

빌리는 피니어스뿐만 아니라 거장 한스 짐머가 이끄는 오케스트라, 밴드 스미스의 기타리스트였던 조니 마르와 함께 브릿 어워즈에서 처음으로 '노 타임 투 다이'를 불렀다. 이 싱글은 즉시 영국에서 1위를 차지했다. 영국에서 처음으로 1위에 오른 빌리의 곡인 동시에 차트 1위를 차지한 두 번째 007 주제곡이 됐다.

그래미 시상식은 빌리의 성과를 인정했고, 아카데미는 가장 훌륭한 가수 중 한 명으로 빌리를 선정했다. 거기에서 한 걸음 더 나아가 007 주제곡으로 이제는 팝 음악의 상징적인 존재 중 한 명으로 격상된 것이다. 그렇게 빌리는 빠르게 대중문화의 기념비적인 이정표들을 하나씩 밟아가기 시작했다. 2020년 3월, 빌리는 세계에서 가장 유명한 패션 잡지인 미국 〈보그〉의 표지 모델이 되었다.

〈보그〉는 빌리를 '아웃사이더'라고 부르는 소제목과 함께 각기 다른 세 개의 표지를 제작했다. 각각의 사진은 정상급 사진작가 세 명이 하나씩 촬영한 것이며, 사진 속 빌리는 저마다 다른 브랜드의 옷을 입고 있다. 프라다 버전을 맡은 사진작가 할리 위어는 얼굴을 양손 위에 얹어놓은 빌리의 흥미로운 클로즈업을 촬영했다. 빌리의 초록색 머리와 손톱은 프라다의 리네아 로사 재킷과 색깔을 맞췄다. 하산 하자즈의 버전에는 생각에 잠긴 듯한 눈빛으로 카메라를 응시하는 빌리의 모습이 사용됐다. 선명한 초록색 부분 아래로 내려온 검은 머리는 어깨너머로 늘어져 있고, 줄무늬 구찌 재킷 위에는 구찌를 상징하는 'G'가 이어져 만들어진 두꺼운 체인이 걸려있다. 이선 제임스 그린은 다른 두 작가보다 한 걸음 물러서서 반신샷을 촬영했다. 베르사체의 정글 프린트 파카를 입은 빌리의 표정은 단호해 보인다. 디지털 전용 버전으로만 출시된 네 번째 표지에는 나스탸 코브툰의 실사 같은 그림이 사용됐다. 그림 속 빌리는 루이비통의 '엑소시스트' 드레스를 입고 있다. 빌리는 러시아에 사는 16살짜리 팬이 직접 그려 인스타그램에 올린 이 그림을 직접 골랐다.

자신만의 독특한 스타일로 〈보그〉 표지를 장식한다는 것은 놀라운 성과이다. 빌리는 항상 패션에 관심이 많았다. 돈이 없던 시절에는 옷 여러 벌을 잘라 바느질로 이어서 새로운 옷을 만들곤 했다. 심지어 이케아 가방을 재활용해 만든 셔츠를 입고 사진을 찍어 공유한 적도 있다. 어느 정도 유명해지자 빌리는 패션 브랜드인 버쉬카, 사이베리아 힐스, 프리크 시티와 협업해 새로운 라인을 만들기도 했다. 그 후 2020년 1월, 빌리는 지속 가능한 재료를 사용해 만든 티셔츠, 벙거지, 범백 가방, 오버사이즈 스웨트셔츠 등을 취급하는 중저가 라인을 출시했다. 이 옷들은 전 세계 H&M 매장에서 판매됐다.

TRACK #04

이제 또 어디로 가지?

2020년 '웨어 두 위 고?' 세계 투어를 발표했을 때, 환경 문제에 대한 빌리의 관심 또한 표면화됐다. 빌리가 초청한 비영리 단체 리버브는 공연장에 에코 빌리지를 설치해 매회 공연마다 조언과 자원을 제공하며 백스테이지와 객석에 환경을 의식하는 분위기를 조성하는 데 힘썼다. 총 42곳에서 공연이 예정된 이 투어는 미국, 유럽, 중남미 전역의 대형 공연장에서 열릴 계획이었으며, 몇 시간 만에 매진되었지만 전 세계적인 코로나 바이러스의 유행으로 연기되었다. 이에 빌리는 "너무 슬프지만 모두의 안전을 위해 공연을 미룰 수밖에 없어요. 변경된 일정이 나오면 알려드릴게요.

부디 건강하세요. 사랑해요"라고 전했다.

대신 빌리는 2020년에 새로운 음악을 만들겠다는 희소식을 전했다(몇 곡을 발표할지는 명확하지 않다). 그마저도 기다리기 힘든 팬이라면 애플 TV+에서 빌리와 관련된 콘텐츠를 찾아보면 된다. 저명한 다큐멘터리 제작자 알제이 커틀러는 2018년부터 빌리의 모습을 촬영해왔다. 그 사실을 거의 인식하지 못한 빌리는 다큐멘터리가 나왔다는 소식에 깜짝 놀랐다고 한다. "이렇게 많이 찍었는데 난 그 장면들을 본 적도 없어요. 이런 경험을 하는 사람이 또 어디 있겠어요? 무서워요." NME와의 인터뷰에서 빌리가 말했다.

이제 빌리는 지구상의 모든 대륙에서 대형 스타이고 대중음악 역사에 이미 한 획을 그었다. 지금까지의 여정을 돌이켜보면 오로지 빌리였기 때문에 가능했던 것 같다. 가족의 지지, 재능 있는 친오빠, 무한한 창의력과 남들의 시선을 의식하지 않는 태도가 있었기에 가능했다. 정작 본인은 의도하지 않았을지 모르지만, 빌리는 한 세대의 감정과 근심, 꿈을 표현했고, 그에 감사하는 수많은 이들과 만날 수 있었다. 빌리는 오빠와 함께 가장 신선하고 주목할 만한 음악들을 만들어냈고, 자신을 지지하는 이들과 전례 없는 긴밀한 관계를 유지해왔다. 무궁무진한 가능성을 지닌 빌리가 앞으로 무엇을 달성할지 지켜보는 것은 커다란 기쁨이다. 앞으로 빌리는 많은 것을 할 수 있지만, 그것이 무엇이든 간에 결정을 내리는 사람은 본인일 것이다. 빌리의 여정은 어쩌면 이제 막 시작됐는지도 모른다.

EPILOGUE
즐거운 여정을 마치며

열린 마음으로 솔직한 답변을 해준 빌리 아일리시와 피니어스 오코넬에게 감사합니다. 그 누구보다 신선하고 재미있는 두 사람의 삶을 훑어보고 인터뷰한 덕분에 이 책을 만드는 과정이 훨씬 쉬워졌습니다. 이제 고향으로 돌아와서, 열정적으로 의견을 내고 값을 매길 수 없을 정도로 훌륭하게 편집해준 베카 라이트에게 감사의 말을 전합니다. 큰 힘이 되어준 마이클 오마라 북스의 동료들, 특히 루이스 딕슨에게 감사합니다. 제레미 마틴의 통찰력 있는 공헌에 감사드리고 싶습니다. 늘 기꺼이 초고를 읽고 빌리의 멋진 여정에 관해 이야기 나눈 가족과 친구들 모두에게도 감사합니다.

▶ ❚❚ ▶▶

찾아보기

ㅁ

ㅂ

ㅅ

ㅇ

ㅊ

ㅋ

ㅌ

ㅍ

ㅎ

▶ ❚❚ ▶▶

빌리 아일리시의 노래들

* 정규 앨범 이외의 곡들은 '싱글'로 통일했습니다.

곡명	앨범명	시기	주요 활동
오션 아이즈 ocean eyes	돈 스마일 앳 미 dont smile at me	2016	–2015년 11월, 사운드클라우드에 업로드한 '오션 아이즈'가 폭발적인 조회수를 기록 –창작 플랫폼이자 음반사 '플래툰' 및 다크룸 매니지먼트사와 계약 –집 근처 '하이햇'이라는 작은 공연장에서 50명 남짓한 관객과 함께 첫 공연
식스 피트 언더 Six Feet Under	싱글		
&번 &Burn	싱글		
벨리에이크 bellyache	돈 스마일 앳 미 dont smile at me		
보어드 Bored	〈루머의 루머의 루머〉 넷플릭스 오리지널 사운드트랙		
카피캣 COPYCAT		2017	–애플 '업넥스트 아티스트'에 선정 –CRSSD 페스티벌, SXSW 예술 축제 등 참여 –런던 코트야드 시어터 공연 –돈 스마일 앳 미' 투어
호스티지 hostage			
아이돈워너비유 애니모어 idontwannabeyou anymore	돈 스마일 앳 미		
마이보이 my boy			
워치 watch			

곡명	앨범명	시기	주요 활동
비치스 브로큰 하츠 bitches broken hearts	싱글		
컴 아웃 앤 플레이 come out and play	싱글		
핫라인 블링 Hotline Bling	드레이크의 '뷰스' 수록곡		
러블리 Lovely	〈루머의 루머의 루머〉 시즌2 사운드트랙	2018	–웨어스 마이 마인드' 투어 –'1 바이 1' 투어 시작(~2019.03)
파티 페이버 party favor	돈 스마일 앳 미		
유 슈드 시 미 인 어 크라운 you should see me in a crown	웬 위 올 폴 어슬립 웨어 두 위 고? When We All Fall Asleep, Where Do We Go?		
!!!!!!!			
8			
올 더 굿 걸스 고 투 헬 all the good girls go to hell			–〈엘르〉 '곧 스타가 될 19명의 여자'에 선정 –'돈 스마일 앳 미' 스포티파이에서 재생횟수 10억 돌파 –정규 앨범 '웬 위 올 폴 어슬립 웨어 두 위 고?' 발매
배드 가이 bad guy		2019	
베리 어 프렌드 bury a friend			
에브리싱 아이 원티드 everything i wanted	싱글		
굿바이 Good Bye	웬 위 올 폴 어슬립 웨어 두 위 고?		
아이 러브 유 I Love You			

I'M THE BAD GUY,

빌리 아일리시

곡명	앨범명	시기	주요 활동
일로밀로 ilomilo	웬 위 올 폴 어슬립 웨어 두 위 고?	2019	–'배드 가이' 뮤직비디오 24시간 만에 750만 뷰 달성, 첫 주에 3,500만에 도달 –코첼라 페스티벌 '배드 가이' 첫 라이브 무대 –미국, 호주, 영국, 일본 등 세계 전역의 주요 잡지 표지 모델로 실림 –미국 NBC 새터데이 나이트 라이브(SNL) 출연
리슨 비포 아이 고 listen before i go			
마이 스트레인지 어딕션 my strange addiction			
웬 아이 워즈 올더 WHEN I WAS OLDER	싱글		
웬 더 파티스 오버 when the party's over			
위시 유 워 게이 wish you were gay	웬 위 올 폴 어슬립 웨어 두 위 고?		
재니 xanny			
마이 퓨처 my future	해피어 댄 에버 Happier Than Ever	2020	–제임스 본드 007 시리즈 사운드트랙에 참여하고 공연한 최연소 아티스트가 됨(25회차 사운드트랙) –제62회 그래미 어워드 '올해의 레코드', '올해의 노래', '올해의 앨범', '베스트 신인상', '베스트 팝 보컬 앨범상' 5개 부문 수상 –'웨어 두 위 고?' 투어 시작(코로나 여파로 일부 취소)
노 타임 투 다이 No Time To Die	〈007 노 타임 투 다이〉 사운드 트랙		
서니 Sunny	One World: Together at Home		
데어포 아이 엠 Therefore I Am			
빌리 보사노바 Billie Bossa Nova	해피어 댄 에버 Happier Than Ever	2021	–제63회 그래미 어워드 '올해의 레코드', '베스트 송' 수상 –〈보그〉 인터뷰 –정규 앨범 '해피어 댄 에버' 발매
에브리바디 다이스 Everybody Dies			
게팅 올더 Getting Older			
골드윙 GOLDWING			

곡명	앨범명	시기	주요 활동
핼리스 커밋 Halley's Comet	해피어 댄 에버	2021	–2022년 2월, '해피어 댄 에버' 투어 예정
해피어 댄 에버 Happier Than Ever	해피어 댄 에버		
아이 디든 체인지 마이 넘버 I Didn't Change My Number	해피어 댄 에버		
로스트 커즈 Lost Cause	해피어 댄 에버		
로 바사 올리비다르 Lo Vas a Olvidar	싱글		
메일 판타지 Male Fantasy	해피어 댄 에버		
엔디에이 NDA	해피어 댄 에버		
낫 마이 리스폰서빌리티 Not My Responsibility	해피어 댄 에버		
오버히티드 OverHeated	해피어 댄 에버		
옥시토신 Oxytocin	해피어 댄 에버		
유어 파워 Your Power	해피어 댄 에버		

빌리 아일리시

초판 1쇄 인쇄 2021년 8월 27일
초판 1쇄 발행 2021년 9월 3일

지은이 에이드리언 베슬리
옮긴이 최영열
펴낸이 신경렬

편집장 유승현
책임편집 김정주
기획편집부 최장욱 최혜빈
마케팅 장현기 **홍보** 박수진
디자인 이승은
경영기획 김정숙 김태희
제작 유수경

펴낸곳 (주)더난콘텐츠그룹
출판등록 2011년 6월 2일 제2011-000158호
주소 04043 서울특별시 마포구 양화로 12길 16, 7층(서교동, 더난빌딩)
전화 (02)325-2525 | **팩스** (02)325-9007
이메일 book@thenanbiz.com | **홈페이지** www.thenanbiz.com

ISBN 978-89-8405-705-0 03840

▶ II ▶▶

2016년 〈틴보그〉에서 선정한
떠오르는 스타.

(위) 2017년 뉴욕. 매 공연마다 마음으로 노래하는 빌리.
(아래) 2017 SXSW 페스티벌에서 우쿨렐레를 연주하며 노래하는 중.

지금까지도 끈끈한 관계를
이어나가는 빌리와 샤넬.

(위) 2018년 베를린. 틈만 나면 팬들에게 가까이 다가가려는 빌리.

(오른쪽) 열광의 도가니가 된 미국 뉴햄프셔의 페스티벌.

빌리는 매번 마음을 열고 적극적인 자세로 인터뷰에 응한다.

(오른쪽) 2018년 샌프란시스코. 정형외과용 부츠를 신고도 온몸을 불사르는 빌리.

(아래) 코첼라 페스티벌의 여왕.

▶ II ▶▶

(위) 2019년 영국. 언제나처럼 무대를 장악하는 모습.

(오른쪽) 2019년 네덜란드 로우랜즈 페스티벌의 무대.

2019년 영국. 리즈에서 열린 페스티벌에서 모든 것을 쏟아 붓는 빌리.

2019년, 빌리와 피니어스. 글래스톤베리 페스티벌에서.

2019년 L.A. 빌리의 상징처럼 되어버린 초록색 뿌리 염색.

(위) LA의 그래미 박물관에서 공연하는 빌리와 피니어스.
(아래) 2019년 시티 리미츠 뮤직 페스티벌. 무대 뒤에서 쉬고 있는 빌리.

2019년, 혁신적인 음악인에
게 수여하는 ASCAP 뱅가드
상을 받은 남매.

(왼쪽) 2020년 그래미 시상식 주요 네 개 부문을 모두 휩쓸다.
(오른쪽) 2019년 아메리칸 뮤직 어워드에서 얼터너티브 록 부문 페이보릿 아티스트 상을 손에 쥐고.

▶ II ▶▶

2020년 런던. 브릿 어워드에
버버리 의상을 입고 참석한
빌리.

(왼쪽) 2020년 아카데미 시상식에서 빌리는 비틀스의 '예스터데이'를 불렀다.

(아래) 2020년 〈배니티 페어〉 오스카 파티.

2020년 마이애미. '웨어 두 위 고?' 월드 투어의 첫 무대.